黄老邪 / 著

到一朵云上找一座山

穿 行 滇 南

深圳出版发行集团
海天出版社

图书在版编目（CIP）数据

到一朵云上找一座山：穿行滇南 / 黄老勰著. --
深圳：海天出版社, 2013.9
（行走文丛）
ISBN 978-7-5507-0726-9

Ⅰ.①到… Ⅱ.①黄… Ⅲ.①游记 – 作品集 – 中国 –
当代 Ⅳ.①I267.4

中国版本图书馆CIP数据核字(2013)第087720号

到一朵云上找一座山 ： 穿行滇南

DAO YI DUO YUN SHANG ZHAO YI ZUO SHAN CHUAN XING DIAN NAN

出 品 人　尹昌龙
责任编辑　张小娟（xiaojuanz@21cn.com）
责任技编　蔡梅琴
封面设计　李松樟

出版发行　海天出版社
地　　址　深圳市彩田南路海天综合大厦　（518033）
网　　址　www.htph.com.cn
订购电话　0755-83460137(批发)　83460397(邮购)
设计制作　深圳市人杰文化艺术传播有限公司
印　　刷　深圳市华信图文印务有限公司
开　　本　787mm×1092mm　1/16
印　　张　13.5
字　　数　220千
版　　次　2013年9月第1版
印　　次　2013年9月第1次
定　　价　39.00元

❶ 云南思茅腊梅坡女子舞龙队

❷ 优美的舞姿

❸ 阿佤山"魔巴"甩发舞

① 向客人敬米酒的佤族姑娘
② 剥竹笋的老妈妈
③ 参加"魔巴"的佤族汉子
④ 参加"魔巴"的佤族妇女
⑤ 蓝靛瑶青年
⑥ 阿佤山姑娘
⑦ 着节日盛妆的佤族女孩

1 抱孩子的傣族妇女
2 阿佤山的女中学生
3 祈福
4 盛妆的女孩
5 阿佤山青年

1 江城曼滩寨子的大榕树
2 西双版纳易武山的大树
3 与恐龙同年代的
　孑遗树种桫椤

徒步行走、草木认知与山河判断

　　我的家乡在辽南古镇辰州，古时隶属登州府。前汉时有铁官盐官设置，到唐朝时有大将薛礼征东驻此，并在此地击败过犯境的敌军大将盖苏文，从此得名盖平。辽金时设节度使署统辖南北诸县。这座古城，城廓方正，有东、西、南三座关隘，北边叫北桥头。城外有护城河环绕，城中以鼓楼为中心点，向两翼延绵堞垛城墙。新中国成立后，曾改名为盖县，上世纪九十年代撤销盖县，设立盖州市。

　　盖州是富庶之地，物产丰富，人杰地灵，传有"东有柞蚕，西有鱼盐，南有瓜果，北有皮棉"的民谚。更令人称道的是，这里一城"两水"，西边是广阔无垠的渤海，南边是浩荡奔流的大清河。大清河又分有吕王河、三道岭河等一级支流二十一条。大清河沿途有石门、三道岭、周家子等大小水库十五座。辽南地区饮用大清河水的人达百万之众。民国时，来自天下八方的手执罗盘的阴阳先生穿巷过街随处可见，都把古辰州城当作建宅楷模。因为这个地区风水上有"龙罩"和"虎靠"之吉位。"龙罩"是：西与南有渤海、大清河水保护；"虎靠"是：东与北有大山丛林做屏障。

大清河曾记录下古辰州大地"九省通衢"的盛景，大清河曾记录下古辰州中国"大农业"的文化缩影。

我的家就在大清河边。大清河的命名我不敢判断是否在前汉就有，但有一点可以肯定，它与"大清"的名号不谋而合，因此在大清朝时就格外受到皇家的看重，被视为上天赐予的吉祥之河。它与苏子河、鹿向河一样，是记载满族英雄光辉历史的河。河水从上游一个叫老龙头的山谷流过来，流经几个县乡和村子。急流处，浪遏飞舟，有惊无险；缓流处，水面如镜，幽幽青山。两岸草木茂盛，鸟类繁多，每到春夏秋季，鸟儿飞起飞落，鸣声闪亮。走在滩岸，在蜂飞蝶舞的草丛灌木中还能找到鸟蛋。大清河盛产鱼虾、河蚌与螃蟹，我常和邻家小伙伴去河边钓鱼捕虾，夜晚在沙滩摸螃蟹掏河蚌，每次都收获得筐满篓满。那种人间桃源美境，深深烙在了我的思念里，成了我常读常新的心灵山水。那个叫"老龙头"的山谷，是一个有着原始森林的深山，英雄的努尔哈赤家族，就是从那里发源壮大的。我小时候曾想跟着大人去采人参、山药和山菜，大人为了不带上我这个累赘，说深山里有猛兽出没，因此老龙头山对于我来说，一直是座神秘的山。直到今天，我仍在自己的想象里勾勒着那个神秘的山谷、那片藏着猛兽的森林和心中那个迷人的家园。

但是今天，我故乡的河——大清河，干涸得瘦尽了水的丰骨！河岸两边山里的森林稀疏了，滩涂被挖得坑坑洼洼，一片狼藉。春夏秋季也没有了颜色变幻，冬天明澈的天空，也被漫无边际的沙尘取代。那个老龙口也不神秘了。我每次回故乡，都会站在这条大清河边，怅触万端地想：这条河怎么这么快就没有了水？

河流的消亡让我每每想起都心情沉郁。故乡的大清河被时代的"建设"浪潮损灭得再难以复活。甚至可以说是永久性地消失。这个消失，预示着像我这样远离故土的人，将永远地失去故乡！就像一枚孤独的落叶，并不是飘回根部，而是不知所往。我的精神世界从此断了滋育生命的水脉。梭罗说："你留驻的地方，离你生命流动的水渠越近越好。"在我看来，这句话应该理解为精神的留驻地。一个人，不能没有精神的留驻地。它是一个流动着清澈溪河之虚实的梦境之地。这个梦境之地，能让人的精神山河一下子清亮起来、丰实起来、璀璨起来。如果，连这样的美好之地都要被扼杀殆尽，让怀念它的人无法映像，那么，我们对待自然的破坏，可

到一朵云上找一座山

想而知已经到了无可救药的地步了。

　　由此，我所看到的是：在举国上下经历了众多"建设"的今天，一种似是而非的、缺少前瞻性的建设，将原本最原始最本质的东西完全丧失掉了，从而改变了这块大地应有的风貌。过去乡村纯朴的生活本态，与时下城市消费的经济走向，在经历了社会与时代诸种改变的一代人的内心深处，发生着残酷的博弈。这种博弈最大的改变，是一代人的思想和文化观念。我是上世纪六十年代出生的人，对社会的变革，有着深刻的体会和感悟。对比昨天，今天我在一些地方所看到的，是一些不伦不类、令人啼笑皆非的建设，将一个好端端的大地，变得疮疤处处。山没有了仙气，水失去了灵气，森林变得脆弱起来。让自然的大地在不到一个世纪时间里，以令人惊叹的速度快速凋敝、破败、苍老。使我每每在电视新闻和报纸媒体看到山体滑坡、干旱和洪水等自然灾难时，内心都深感不安。

　　我担心现在还有一些"原生态"的云南，会不会如此改变？相当长一段时间，我关注云南大旱。2001年1月我行走怒江大峡谷，当时峡谷生态还保持着相当好的景观。十一年过去了，我愈来愈听到一些不好的传闻——修建梯级水坝，滥砍滥伐森林，淘金挖沙采矿导致的山体河床毁坏，堆放工业废料造成的水污染，土地变卖，污染超标的工厂企业，一些支流大量生长水葫芦致使水质下降……都让我对未来生存处境感到担忧、惊怵和惶惑。云南连续三年干旱，水库见底，良田干裂，三百余万人饱受旱灾之苦……一个曾经风调雨顺的富庶之地，如今变成这样，怎能说与生态环境的日益恶化没有关系？

　　河流是人的生存命脉。失去了河流，大地万物生灵就失去了应有的鲜活，一切都将变得委顿。几年前，我在景洪的澜沧江段就看见江水枯竭，农人原有的土地被政府占用修建大型娱乐广场，农人们只好在滩涂上刨开无水的河床种菜的情境。2012年2月，我在飞往云南的途中读《春城晚报》，抚仙湖的水位已下降到了历史最低。抚仙湖是我常去的地方，那是玉溪乃至整个云南比较大的湖泊，这座湖的水位下降，说明了大旱的严重程度。如此有悖自然的现象的出现，说到底，祸在人类！无限的资本积累，让最大的利益集团欲壑难填。如果再不停止对山河的破坏，美丽的云南还会大旱，或者说大旱还会加剧。国家应及早叫停这些破坏山河的行为，否则，就只能如我这般徒有对自然痛心的回忆了。

　　自然山水是在寂静中存活的，它相当脆弱。自然山水的存活与人类有关。自然山水若是有人的喧闹，就意味着它的生存已达到了极限，其改变如一朵花的绽蕾、盛开和凋落，最后化作尘埃。每次行走云南，我和老驴们都不愿意去那种人为开发的景点。我的观点是：一小块山坡或一小片田野，一道小溪或一片草滩，只要没有人"开发"的，就是纯自然的。这些地方虽小，却能让我读出自然的诗意。

我是一个反对"人类中心主义"、倡导"自然中心主义"的行走者。我渴望能读到中国文坛诞生的"大生态文学"，这种大生态文学能唤醒人们对于自然环境的保护意识，让我生存的大地的绿色再多一些。可惜如今我很少看到这样的作家，我只能读王维和孟浩然，或者约翰·巴勒斯、约翰·缪尔、蕾切尔·卡逊、爱默生和梭罗。我也到处寻找心灵的山水，渴望能映现故乡的影像。我希望西南山区成为我精神层面一个纯美的空间，锻铸我的人生诗学。当然，我不是什么贵族，但我崇敬灵魂高贵的人，我崇尚那些在内心深处将山河视为自然神灵并为之虔诚膜拜的人，我崇尚那些在清贫之地默默活着、依然保持着高贵的精神本态的人，尽管他们在当下的"文明世界"里难以生存。

比如，十一年前我在怒江大峡谷遇到的傈僳族人，他们跋山涉水去一座山的教堂去做礼拜。也许他们丢失过许多，但对信仰却从未丢失过。他们衣衫破旧、身只影单，走崎岖的山路，背着包袱带着干粮，让我这个坐越野车的"行走者"自愧弗如。

高贵者并不是从衣服或外表来界定、判断，应是心灵。一个心胸狭窄的政客、一个精于算计的商人、一个内心肮脏的文人，即使表象光鲜，其灵魂并不高贵。那些处于边缘之地、衣衫破旧、敬天法祖的人，才是纯洁的人、高贵的人。怒江峡谷的傈僳人的生活方式不为人所知，他们祖祖辈辈天不变道不变地活着，他们有自己的一套精神秩序和价值判断、有自己的纯净的信仰，悲天悯人，尊崇祖训。灵魂因此高贵。

我和老驴们"自助式"的行走，既锻炼了生存能力，也发现了一些不为人知的美好的存在。那些珍贵的影像记录，在我看来，要比文字更有冲击力。特别是在一个核心价值观无法得到认同的时代，文字已无法道尽和显现那些卑微人生的生存理想。惟有读图，或许能冲击一下麻木已久的心灵。摄影家们以千辛万苦的行走，换来了难得一见的自然地理图像。那些图像带着山河的气息、草木的颜色、鸟儿的歌吟，也带着独特的地域文化符号，是那些貌似高贵实则不名一钱的"滥情文学"无法企及的一种天地艺术。

十一年来，我与老驴们行走怒江大峡谷、翻越高黎贡山、暴走金沙江虎跳峡

到一朵云上找一座山

谷、穿越滇南原始森林、踏寻澜沧古寨、探险中越边境当年战争的堑壕、探访边境群落、探秘茶马古道、登临"一眼望三国"的十层大山等。所走行程，有万里之遥，得到了不一样的生命体验。山谷、江边、深壑、森林，我们释放着自由人生才有的生命本态，让自己也变成草木，体验风霜雨雪给灵魂带来的摇曳，切实感受着人在自然面前的卑微和渺小。

　　但我并不是宣扬某种观念性的东西，也不是为了出行寻找理由或借口。本来这个时代，需要感悟或醒觉的就太多。山河自有抵达之谜。而时间对于一个人的一生来说，又实在太少，甚至来不及细想，岁月就从身边快速溜走。从健康因素来看，我从小体质脆弱，不是那种身体强健的人。如果没有行走，恐怕就是一个病怏怏的人，或者说是一个一蹶不振的人。我很感谢生命中有诸多行走历程。行走，让我的身体和精神迅速强健起来，更能从容地与自然的大地进行灵魂的对话，让我有资格对草木正确认知，对山河准确判断。

2012年5月11日早　北京清风语屋

目录

到一朵云上找一座山

第一章

高处闪亮的鸟鸣

我的梦境几乎都与飞翔有关：
飞向潺潺大雨的滂沱。
飞向浩渺无垠的云渡。
飞向幽邃沉寂的过去、今天或未来。
飞向带着典故和人文芳香的语言字词。

元月寒冬，我和老驴去了趟黔东南，这个季节也是黔地最寒冷的季节，整日小雨下个不停。后又转雪，到黎平的第二天就遇到了十年来罕见的大雪。大雪下了一天一夜。雪后又是雨，雪雨让山路变成了冰路。公路管理局宣布封路，两天后解除通告，但路面依然湿滑，大小事故频频发生。当晚，兰海高速黔南州贵定县某路段发生了一起大客车翻车事故，造成多人死亡，多人受伤，事故原因判定为大雪湿滑所致。这个可怕的消息，让我们的行程计划因此不得不改变。黔地"有雨就是冬"，让我真真切切体验到了。那些日子，黔地山区乌云密布，冷雾弥漫，雨雪不断。车行泥泞坑洼的山路，道弯坡陡，颠簸不止。有时所乘的车严重超载。这十七天，我们经过了黎平、肇兴、锦屏、剑河、镇远、黄平等县以及这些县下面的乡镇村寨。爬山越岭，涉江趟河，吃尽了苦头。

◉ 欢乐的舞蹈

　　十七天恶劣天气的行程，让我先前预想的诗情画意荡然无存。想象中的"十万里清辉、八千瓣柔雪。远近江水，一叶小舟悠然"的美妙之境不复存在。进入眼帘的，是羁绊了身心的冷瑟凄凉，是枯槁了苍茫冰雪的地老天荒。行程到了最后，我几乎不相信是怎么度过这十七天的。若不是为了回京与家人过春节，有可能还要这样继续走下去。

　　老驴却兴致勃勃，满怀激情。他坚定"做好一件事"，对自己的内心有个慰藉。作为多年的老同学、十几年的驴友，我不能让他瞧不起，因此义无反顾，陪他把这个行程顶了下来。这"一件事"非同寻常，是在黔东南贫困山区建一座希望小学，投资方的资金去年夏天就到了贵州省青少年基金办。这是老驴再次去黔地考察，而要援建的小学也是这次考察后决定的，是黎平县新平小学。这个小学校覆盖5个村、16个自然寨子，共有1～6年级苗、侗、水三个民族245个学生，几位教师和学生有130多人住一栋危楼。这个危楼

⊙ 欢乐的舞蹈

是村委会老房子，水泥地板和墙体都严重破损，露出了生锈的钢筋和石粉末儿的混凝土，窗框门板破烂不堪。若是发生地震，这种楼是抵抗不住的。建新楼和新教室迫在眉睫。回京后，老驴向投资人作了汇报。抓紧时间绘制了小学校的规划图纸，并快速将这些图纸传真给黔东南黎平县教育局，那边也迅速作了回应。下一步，就开始实施了。

跟随老驴参加这次希望小学的选址任务，我感慨良多。艰苦行程不说了，感受最深的是农村"教学点"的设点没有规划性，致使真正贫困、交通不便的山区孩子爬山越岭住校，过早失去了童年快乐、过多失去了与亲人在一起的时间。还有，就是那些不为民生之艰考虑的地方官员的嘴脸，体会到了他们对投资资金的觊觎心态。因为先前老驴选的地点是从江县往洞乡则里村，一遍遍给从江县打电话，那边就是慢腾腾的不积极，有时甚至不接电话。原因是当从江县委知道了这笔资金在省里，由省教育局控制而他们无权掌控资金时就改变了事先的积极态度，还要求改建地点和增加投资款项，他们想用这笔资金在另一地方建一座教学楼，这个"另一地方"却比则里村的条件好得多。为什么要改变呢？老驴琢磨了好久终于琢磨出了门道，这个"门道"肯定是一种猫腻。老驴讨厌与搞猫腻的人打交道，决心自己找对教育重视的县。省教育局便推荐了黎平县。当然这往返机票、十七天的路费和吃住费用，都是我们个人承担，我和老驴AA制。就连黎平县教育局负责人请我们吃饭，也是我们把账抢结了，将他们请变成我们请。原则上不给他们添一丝一毫的麻烦。这次的行走考察之旅，我已在另篇长文《雪地冰天黔地行》中有描述。而这次黔地之行，我并非完全像老驴那样，是为了让内心得到慰藉，去"做好一件事"的扶贫济困。我的初始愿望，其实就是跟着走一圈儿——我是为了散散心、玩一玩而已，这是实话。但是这种艰苦的玩法儿，得到的最大收获我无法说清。但有一点可以肯定，就是我把自己钢筋铁骨的腰脊椎给重重扭伤了！以至在返京的飞机上，不得不向空姐要条毛毯垫腰。我，一个多年奔波在西南边陲的驴子，一路上忍受着腰痛的折磨，硬撑着回到了北京。回来后，北京的干燥气候，让腰肌劳损逐渐有了好转。那段日子，我晚上早早躺在床上看书，白天也要躺着看书，只偶尔起床喝喝茶，在电脑上敲几个字，其余大量时间，就是与驴友钟喝喝茶、聊聊天、谈谈摄影。或在无所事事中度过。待过完了春节，疼痛的腰脊椎奇迹般地好了。这二十余天的"休整"，却让身子又胖了许多。

下面说说我的这位常来喝茶的驴友钟。

钟从2008年开始就发誓，要让自己的人生充满意义。这是一个非常不容易的决心。在我看来，钟和老驴都比我有出息。钟的人生意义和老驴"做好一件事"，似乎有些不同。钟开始想搞写作，又无信心。偶然一次在我的引荐下，认识了著名摄影家"鸟人"薛，当钟瞪大眼睛，看着薛电脑里几千张玲珑可爱的鸟片时，惊讶得合不拢嘴，突然发现自己挺适合搞摄影，他恍若看到头顶天空竟然有这么多天仙般的小精灵，那些绚美多姿的翅膀纷纷向他飞来。在薛的影响下，钟终于确立了最适合自己的志向：要像薛那样，做一个真正的"鸟人"，把全天下所有鸟儿都拍到！梭罗这样说："一个人若能自信地向他梦想的方向行进，努力经营他所向往的生活，他是可以获得通常还意想不到的成

◉ 男性生殖崇拜木雕

◉ 女性生殖崇拜木雕

功的。……如果你造了空中楼阁，你的劳苦并不是白费的，楼阁应该造在空中，就是要把基础放到它们的下面去。"

钟开始了行动，将原先的狗头镜换成牛头镜。又狠心投入几万块，购置了一只顶级的高倍定焦镜头。锐利的武器起了作用，那些鸟儿在他面前翩跹起舞。钟恍若发现了新大陆般地欢喜不已！做事"一根筋"的他，在尝到了几次甜头后，毅然决然地专心投入到这项宏伟蓝图的奋斗中。他的勤奋和吃苦耐劳，让他收获丰硕。

连锁反应继续发酵，在薛和钟的影响下，又一个"一根筋"的人出现了。那个人就是我。我头脑发热，在薛的建议下，也买了一只拍鸟的变焦长镜头。于是，前年和去年整个冬天，与钟、薛多次去十渡、拒马河、雁翅岭、野鸭湖、灵山、京东大峡谷、古北口等山谷拍鸟，前年还带着大镜头去云南拍鸟儿，去年春天又坐火车去了盘锦赵圈河苇场。山坡、河道、滩涂、苇场、绝壁，我和钟像不知疲倦的士兵，端着大相机冲锋陷阵，追着一掠而过的飞鸟。那些高处闪亮的鸟鸣，像长天鸣镝，在耳畔划出阵阵锐利的亮光。那些天，我的大镜头对着天空，耳朵听着天空。大鸟啸鸣，小鸟唧啾，让整个冬天的山林落满了花瓣一样的鸟鸣。我的内心，分明就是鸟鸣涧！钟更是一发不可收，攀山跃崖，南征北战。那些鸟儿，比如北红尾鸲、红胁蓝尾鸲、小绣眼儿、小翠鸟、红尾伯劳、鹡鸰、黄臀鹎、凤头雀嘴鹎、黄鹡鸰、金眶鸻、长腰杓鹬、白腹鹞、黑鹳、雕鸮、纵纹腹小鸮、苍鹭、白琵鹭，以及从西北飞来的珍稀的红嘴蓝鹊等等诸多鸟儿，都在钟的电脑里聚集。钟选了一些放在博客上，引来了许多鸟友的评点，这些细腻得纤羽毕现的图片，让钟很快就成了远近知名的"鸟人"。而我所拍的鸟儿寥寥，完全玩儿，拍了一段时间，便打退堂鼓。钟再找我去山里，我不是说写作就是借口有别的事。几次后，钟便不再找我。只是在去年初，我去了趟植物园，为那里的鸟儿们送去了一袋子小米，在那里连续拍了一天小鸟儿，没什么收获。今年，我更是一次都没去郊外的山谷——我彻底对拍鸟失去了兴趣，又玩上了茶道——这是我非常不好的毛病，做什么事都没有长性。因此也就实现不了"人生的意义"。那只长镜头，从去年到现在，就一直放在了柜子里未动。

钟很坚定，不弃不离，执著追求他的人生意义，立志要当中国最著名的

"鸟类摄影家"！没有了伴儿，干脆一个人跑，星期六、星期日独自驾车奔郊外山区。年初，他又在薛的勾引下，去了西昌，和薛在邛海和螺髻山拍了一星期的鸟，然后驾车从西昌到云南会泽等地；春节前又去了陕西华山，所拍鸟的品种愈来愈多。加上前几年拍的鸟，不下二百种，他真的成了"拍鸟专家"了！在山林，只要一听到鸟儿叫，就立马能分辨出是何种鸟儿；甚至有鸟儿从头上飞过，他也能根据鸟儿的飞姿，判断出鸟儿的类别来。他把拍的每只鸟儿的图片进行了编号，写出说明，想出一本"鸟类学研究"的书。我感叹钟做事的恒心。如他所言，任何事情，只要坚持，一定能取得成绩，从而成为这一领域的专家。

我心猿意马，什么都要尝试，又什么都做不长久；做不长久就无法成功；无法成功，我的人生就索然无味就无意义可言。一段时间，我甚至患得患失，人也变得"愤青"起来。而且，随着年龄的增长，愈来愈变得慵懒、怠惰，连看书也不能看完整，常常一本书只看了几页就放下了。只有一个能坚持，就是独自散步，一走就是两三个小时，有时在楼下小区院子里的草坪小径道来回踱步，形成了习惯。这习惯是与怀旧连在一起的。这怀旧与思念连在一起的。但是，我却听到这样的提醒：当你怀旧时，就开始变老了。一段日子以来，怀旧让我魂不守舍，也让我的内心变得脆弱、迷惘、孤独。

但我的内心依然钟爱鸟儿，没事时就抬头看天，观察鸟儿飞翔的姿态。我在小区的花园小径散步时发现，有一大群麻雀常常从西边草地上轰然而起，密密麻麻栖落在东边稀疏的竹林里。今冬少雪，草地的草已经光秃，看来草籽儿也被它们吃光了，那么在春天乍暖还寒的日子里，它们又能吃什么呢？

很快我就发现，它们在吃楼上人家倒在垃圾桶里的剩饭粒儿和菜，还钻进水沟里找寻遗存的垃圾。这让我感到它们真是可怜，麻雀是鸟儿中的拾荒者，一直以来我瞧不起麻雀。这让我对它们心存愧疚。它们不像那些灰椋鸟或灰鹊们，能以长长的尖喙，从松软的泥土里掘出小虫豸来吃。麻雀是不吃虫子的，它们只吃黍谷，实在没有这些也吃草籽儿。北京的冬天漫长，即使开春了，天气依然冷肃，地上依然不发新芽。我按捺不住，把家里的两小袋陈米拿到楼下，撒在院子里的草坪和竹林，撒的范围很大。第一天它们没动；第二天下了场小雨，把米泡软了；第三天晴朗时，我下楼观察，发现这些米粒儿被吃得干干净净。草地有软泥的地方，有一些密密麻麻的小爪印儿，很好看。

我不喜欢北方城市的冬天，街上的绿树褪尽了叶子，只有灰蒙蒙的街道和楼房，枯槁如风烛残年的老人。我因此每年冬天都要"离开"北京一段日子，去西南山区有绿色的地方调整自己。而游兴未尽的老驴，从黔地回来后，就没有放松对昆明机票价格的关注，几乎每天都要上网看折扣，终于他发现了低得不能再低的折扣了。一向办事缜密的老驴迅速将折扣机票买下。折扣实在吸引人：来回的价格加在一起，是火车的来回价格。我高兴不已，感叹老驴的精明，也赶快抓紧时间，将手上的活计干完，以便能安然出行。

◉ 云南思茅景观

◎ 盛妆的女孩

　　我开始为即将踏上云南的旅途作积极地准备：相机。充电器。电池。户外衣裤。药品。洗漱用具。书。去门口的相片冲扩店冲印出去年在瑶家山、整董镇大青树、土卡河等村寨拍的一些农人的照片。除了土卡河寨子外，前两个寨子皆是农人身穿民族节日盛装拍的。这次带钟去这几个村寨把照片送给这些农人，也想作为沟通的手段，以方便以后的拍摄。

　　中午时分，下楼取信，接到耿林莽先生的信。我在学院南路边走边看信。天寒冷，耿老的信让我心热。耿老谈及对我的集子《过故人庄》中所倡导的"自然中心主义"观点，基本上持赞同态度并对作品给予肯定。读耿老的信，心里高兴，完全不觉手已冻得麻木。脚下加快，我要抓紧一切时间完成出行前的准备工作。不知不觉来到户外体育店，这时我已看完了耿老的信。进店上二楼，只几分钟，就瞄准了一件哥伦比亚牌子的绿色单层透气防水冲锋衣，是今年的新品，衣服手感不错，一定要试下户外感觉，最好云南那边下雨，这样才能检验一下衣服的防水性能。掏钱买下，直接穿回家。

　　离出发时间还有三个小时。与钟约好五点出发。下午四点左右给耿老家里打电话想感谢感谢，但无人接听，估计老人家散步去了。只好到了云南再给他打电话了。五点准时到北门，打车到友谊宾馆坐民航大巴。五十分钟后到二号航站楼。在换登机牌时，我提醒钟靠舷窗边，这样能看月亮。这位鸟类鉴赏艺术家、摄影家、年轻的建筑工程师原地旋转下身体，好像自己是一枚硕大的指北针，最后确定这飞机是往西南方向飞，那么上半夜的月亮是在东南。他果断选定左边临舷窗座位。机器打出了两张登机牌46A和46B。时间正点。登机后，钟忽然有了恻隐之心，将舷窗位置让给了我。

飞机起飞不久，我在靠舷窗的位置就看见了飞机上方高悬的月亮。月光明晃晃地照在银白的机翼上，放出流水一样的弧线光泽。又觉得好像是在浩瀚无边的大海上摆渡。我在机翼之上，如同坐着一张大舢板划水而行。那月光水流就在外面曼妙涌荡：一溪云。一座山。一条河。一块礁。朦朦胧胧，像浮冰漂动又像海上仙山疾速移动。很快，飞机越过了燕山。山巅之上积雪可现：一个隐灵的世界，在无人的山脊蜿蜒伸展。窗子外面的月光似弯起的大水，朝着一个方向波动，又似岁月无法厘清的惆怅和期待，就在我眼前展开了它的回忆。我甚至看到了那些逝去已久的往事……往事遥远，却似在眼前；理想美好，却无处安放。我身下的大山绵延千里，是碎了的圆满还是从前的曼妙？我的梦境几乎都与飞翔有关：飞向潺潺大雨的滂沱。飞向浩渺无垠的云渡。飞向幽邃沉寂的过去、今天或未来。飞向带着典故和人文芳香的语言字词。我在天上看着下面，竟伏舷窗上睡着了。睡梦中，我呼吸万米高空的月光，也呼吸诸多记忆和人生问题；我呼吸行走的步伐，也呼吸梦境中溢出的怀想。我睡着了，就在人间之上的短暂时光缝隙里睡着了。直至空姐来送饮料才睁开惺忪的眼睛。我要了一杯橙汁慢慢喝，沁凉的甜化解了梦的硬壳，让混沌了的意识清醒起来。

到达昆明是夜里十一点半，三个小时的飞行距离，却让气候拉开了距离。昆明的地面温度8℃。感谢友人雪飞这么晚了还来机场迎接。安排我们在昆明饭店住下。

第二章

花草的香打开了记忆

我一次次来到遥远边地，
不单单是为了拍到什么，
而是为了远离一种生活方式亲近另一种生存姿态。

昆明的早晨十分迷人，尤其翠湖和海埂一带更是如此。这个时节正是西伯利亚红嘴鸥到来的时节。那些白色的精灵们，早已熟悉了这个城市，她们就像走亲戚一样，每年这时候必来栖居。一个城市与鸟儿能如此和谐相处，这在中国真是少见。起码说明了这个城市的魅力要好于其他城市。鸟儿是生态环境最好的检验师，它们挑剔空气、阳光、田野、山峦、湖泊河溪和森林花草，如果这几项都达不到标准，它们是不会来的。试想，为什么这遥远冷寒地区的鸟儿不来北京而偏偏来昆明呢？

不单单是昆明，我在云南的多个地区都能见到这种鸟儿。几次我在抚仙湖居住时，都能看到湖边飞起飞落的红嘴鸥。抚仙湖的红嘴鸥似乎更具一种天生的野性，它们不受人以食，而是在远离岸畔的碧波上翻腾，寻找湖里的小鱼小虾。那时的它们很像大海的歌者。

◉ 茶山一家人

它们就是活跃在高山海子的生灵，我相信它们能飞得更高，将鸣声传得更远。抚仙湖盛产小银鱼，这种小银鱼只在纯净的深湖水面上游动。红嘴鸥爱吃小银鱼。它们体形硕大，翅膀张开时如鹰隼翱翔。

红嘴鸥的活法，很有浪漫的诗意。我有一次坐在无人的抚仙湖边，痴痴地看一只鸥在距岸不远的水面啄食小银鱼。这时太阳正好逆光而照，金子在波浪上闪动，鸟儿翻腾着，与浪花一起跳动，让这个湖富有了诗意。现在是二月，正是春满大地时节，季候的转变与鸥鸟的到来，让整个滇南充满了魅力。好友李春华是云南省摄影家协会秘书长，他知悉我来云南，非要我留住昆明一天拍鸥鸟，但我还是照顾时间局促的钟。

昨晚向钟陈述这一切时，钟十分向往，他说他心中的云南，是与热带雨林、湖泊、阳光和鸟儿联系在一起的。无限的绚美与媚丽，就在日思夜想的梦幻里。老是在都市水泥森林里生活，身上都有一股子土腥味儿，不如切实来云南原始森林走一趟，呼吸一下大森林的气息。现在，脚下就是云南大地，他似乎早已听见那凤尾竹飒飒摇曳，看见从阳光里扑进镜头的美丽翅膀。但是，上午要去宁洱。返回时，他或许会到翠湖或海埂来拍红嘴鸥。

一夜睡得香。早餐后退房。八点准时出发。在昆明饭店门前打车去南部新汽车站。司机是一位中年人，素质很高，他先问我们去哪里，我说去宁洱。他说那就对了，应该去南部新汽车站，南部新汽车站是去思茅和西双版纳方向的。我夸了司机两句，也给钟讲了前年出租车司机帮我找购票点的事。司机很好沟通，又见我们背着摄影包，便问我们到南部是不是去拍元阳哈尼梯

田。我说不是去元阳，是思茅下面的江城。他很兴奋，说这个时节就到云南的南边，南边正是好时节。他说他也是摄影族，常在《昆明的士》小报四版发图片及小文章，边说边示意坐在副驾位置的我从小储箱里拿出一沓报纸。

司机说他叫杨坚，笔名叫路上跑。我看到他拍的红嘴鸥、樱花和元阳梯田，感叹一个司机还有这般素质，真是难得。杨司机哈哈一笑说他是就地取材，车开到哪里碰见什么就拍什么，摄影这东西就是这样，他所用的相机还属一般入门级。我说入门级也不要紧，拍什么也并不重要，重要的是要拍出想法。接着他又问我去了哪些地方。这季节最好去维西那边拍红土地，这个

◉ 普洱茶山

⊙ 哈尼踢踏舞蹈

季节，维西县正大面积种洋芋（土豆），正是翻新土地时候，旧土被翻起，红土露出，坡上油菜花打了苞。红绿黄交织在一起，美极了！

　　杨司机还说这季节云阳也不错，梯田也放水了，蓄满了水的梯田被阳光一照才有味道，是摄影家们必选的地方。云南高山湖泊的美妙，每个地方按季节不同，风景亦不同。我说，山坡上盈满了水的梯田就是光的家。摄影是一门与光相关的艺术。上帝说"要有光"。光，是上天的赐予。一个高超的摄影家，定然是个对"光"准确判断的艺术家。云南大地，阳光、蓝天、白云、海子、山林、梯田，构成一幅幅自然大师的画作，而光和影的变幻，能让这些组合，化为诸多妙趣横生的作品。云南，是全国摄影家最为集中的地方。路上跑杨坚素质真是了得，很是善谈，与我谈得投机。我让钟记下杨坚的电话，回昆明时说不定要用他的车。他很高兴，说以后一起出去摄影。一个司机能有这份心态和精神，真的难得。

　　很快我们到了南部汽车站。票是卧铺，钟又一次将靠窗位置让给了我。九点十分，车开。我们躺在铺上，有点不太习惯白天睡卧铺，但卧铺肯定要比座位舒服。车内气味不太好，我把窗子拉开，拿出风油精驱逐气味。司机将车顶的天窗打开。我脸朝窗子，阳光、蓝天、树影从眼前一掠而过。我和钟瞎聊几句，具体聊什么也忘了。聊着聊着睡着了。我像钻在水底的鱼儿，越过丛丛水草和礁石向前游动。其实我真的就把自己想象成一尾鱼，正在思念大海。又像鸟儿，飞在明亮阳光下，羽毛上还挂着一两滴细雨。我想象自己就是一只鸟，正在思念群山、森林和草地。我的鳍和羽毛，奕射灿烂的光芒。我从哪里开始，大海，还是森林？我下意识摸摸脸，脸被透过窗子的太阳晒得热辣。

中午时分，车到墨江，墨江是昆明至普洱213国道线上的一个县城。墨江的奇特，是它坐落在北回归线上。有一年我曾在这里小住，并去了北回归线原点。那是在一座山上。墨江的双胞胎多，也是因为独特地理改变人体磁场的缘故。我相信其说法有科学道理。墨江的神奇和怪异，让外地夫妻专门来这里度蜜月，度完蜜月后，也许就能得个双胞胎。这个期待不错。也比较符合中国人的宗族传统。车到墨江段停车休息，乘客下车吃饭。车站里有一排房子是饭店，各种快餐应有尽有，可直接点菜和米饭。我和钟每人买了一碗鸡肉面吃。吃完后上车。车继续开。下午三点到达宁洱。

宁洱我没来过，它在思茅（普洱）的前一站，相距一小时的车程。下车后，阳光亮得头晕目眩。我问钟是否先住下，然后再去看茶马古道？我在地图上查到了这里有两条茶马古道。宁洱是当年茶商巨贾汇聚之地，只是不知道怎么样。因为我事先作了计划要拍摄茶马古道，以便日后作个专题。走出不大的车站，向着右边山坡走，抬头见山坡上坐落一个宾馆，我说就住这儿吧。钟同意，我们上台阶，进大厅。先看房间，很一般。忽想起普洱的郑立学老师。郑老师在普洱林业局工作，经常钻山林走河滩拍照片，是摄影家也是作家。我对钟说应该给郑老师打个电话，告诉他我来了。钟说那是啊，应该提前打个电话才好。我立即拨通了郑老师的电话。郑老师在普洱，他听我说要去茶马古道，说宁洱的茶马古道其实没什么看头。离宁洱城还很远，拍摄也单调不会有新意。我把郑老师的意见说给钟，钟沉默片刻说你想怎么办？我说，宁洱感觉一般，现在时间尚早，留在这里，什么也看不成，还要耽搁一天。不如干脆直接去普洱见郑老师，明天直接去江城。

钟说这想法好。因为他的行期非常紧张。于是二人又返回汽车站买了去普洱的票。去普洱的车多，满客就开。下午四点多一点儿就到了普洱。在车上钟建议晚饭由我们来请郑老师，因为他是摄影界的前辈，又是文字高手。我说应该。我们在哪儿请郑老师才好呢？忽然想起去年的茶山餐馆不错的，打了个出租车去茶山。司机是一位老者，四川人。他拉我们去茶山。"茶山如果有住处最好。晚上可以闻茶香，听鸟鸣。"钟说。

到了茶山，钟与司机在停车场等，我去上面餐馆订座。上面的服务员好像不是去年的那一批，全是佤族青年，他们正在洗碗，外面亭子寥寥几个客人喝茶。我问一位佤族小伙能否订餐，那黑小伙好像没听懂我的话，嘴里嘟囔了一句什么。这时从屋里出来一个端着菜盆的佤族姑娘，黑小伙立即向黑姑娘示意台阶下的我。姑娘用普通话问我几人，我说三人。她说，你们最好尝尝我们这里的石斛煮土鸡，还介绍这石斛的药用价值，但是价钱贵，一只石斛煮土鸡两百元。我说你给我订一个亭子吧，晚上就来吃石斛煮土鸡。

下山，回到停车场，与钟一起下山。这时郑老师来电话，问我们到了没有。我说正在茶山。郑老师问你们到茶山干什么？我说晚上在茶山请您吃饭。郑老师说，你们快来我这儿吧，我已订好了饭店，还有住的宾馆也订了。我对钟说郑老师的话。钟说，不在茶山吃也行，但我们要请郑老师的。我让司机找个水果摊买些水果带给郑老师。

郑老师家在阳光小区。下车，计价器显示是三十五元，付钱时老司机说刚才上山了，得加十五元，要五十元。我愣了一下，随即就给了他五十元。老司机本想我要与他争辩，没想到这么痛快，于是满脸堆笑说下次用车找我啊，我给你电话。我心想，还找你？得了吧。

给郑老师打电话，很快郑老师到大门口来接，将我们领进家。寒暄几句，郑老师打开电脑让我们看他新近拍的照片。郑老师的照片很多，有榕树系列、捕鱼系列、茶山系列等等，看得钟很是羡慕。郑老师是土生土长的本地人，也是当地的林业局干部。由于工作原因常往山里钻，有着丰富的野外拍摄经验。去年在摄影活动中，他将一部摄影加文字的书《探秘普洱》送给我。他对我说，多年来，他几乎走遍了思茅的山山水水，踏遍了每一个林区，哀牢山、无量山、威远江、糯扎渡、菜阳河、竜山、大雪锅山、干坝子、李仙江、土卡河、西盟佤山、孟连傣寨、澜沧拉祜山寨……拍到许多意想不到的风光。他送我的这部书，我如获至宝，读了他美妙的文字和图片，

⦿ 打糍粑

更加深了对这块土地的印象和好感。

郑老师意味深长地说："今非昔比啊，也许你来得太晚了。"是啊，我确实来得太晚了，无法找到原先的思茅，更无法再看到那种更为原始的自然。思茅的山水，肯定已不再是我想象中的那个有着"原相"的自然森林王国的模样，她更像一个饱经磨难的女人，年轻靓丽已经逝去了。我感觉到时间留下了伤口，感觉到这伤口的严重性质及其不可修复的程度。过去了的美好，或许难再出现。这个难再出现的景观，是对现世的惩罚。

晚饭是在一个地道的傣族餐馆吃的，郑老师点几个特色菜，大多是我们没有吃过的。饭后，郑老师开车拉我们到茶山观景台看普洱夜色，那天是正月十六，天朗气清，从树梢间浮升起的月亮，带着树木花草气息。茶山人多，大多是来锻炼身体的市民。这茶山是普洱的一个休闲景点，山不高，人们吃过晚饭可以到这里来散步、爬山。

幽深的茶山，花草以独特的芬芳，打开了回忆。郑老师说，他退休多年了，因为精力还很旺盛，现在单位返聘他。在他退休之后，写作之余就和儿子一起进山钓鱼、挖山笋和野菜。多年前，儿子用砍刀砍回一截毛竹回来，一下子倒出一斤多的竹虫，用油炸了吃，高蛋白食物。这里的生态环境过去相当好，南有莱阳河，东有江城十层大山。森林密布，山多岭深，土质肥沃，水系纵横。只要是有山溪或者河流的地方，用两张网上下流截上一段，然后在这段水域捉鱼，一天能捉几十斤。李仙江、小黑江、土卡河等江河，更是鱼类繁多：面瓜鱼、白条鱼、红尾巴鱼、青鱼、赤鱼、江鲤鱼、棍子鱼、花条鱼、尖嘴鱼、秃嘴鱼不计其数。尤其是红尾巴鱼最好钓，只需在鱼钩上穿蚯蚓，抛下江，鱼儿便咬饵上钩，这种鱼小而鲜嫩。夏天雨量多，水涨鱼多，就用双竿来钓，一左一右，忽上忽下，一甩二三条，忙得不亦乐乎，一会儿工夫就能钓上一大盆。发浑水时，还可拔一蒿枝根去钓，鱼儿以为是吃的，纷纷咬住不放，往上一提抖落岸上，鱼多得不计其数，也说明当时的生态环境确实不错。先前的山上麂子、野猪很多，野鸡、野兔多得只要在草丛走走，就会看见它们近在眼前。现在环境逐渐恶化，这些原生态是否逐渐失掉已经不能预测。

身在从前的自然生态景状，真是一种享受！

"不饥不寒万事足，有山有水一生闲"，忽想起陆游老先生的两句诗，像一阵清风从心里幽幽吹来，不禁感怀：人生的意义，不一定要成就什么，也不一定要非要追求到"意义"，自己舒适就好。想干什么就干什么，种菜、打鱼、喝茶、聊天、出游、拍照，都是人生的种种活法，干吗要把自己弄得很累很苦，功名利禄束缚了手脚，也羁绊了心灵，有人为追求这些绞尽了脑汁，有何乐趣可言？一想到那些溜须拍马蝇营狗苟之流，就有种说不出的厌恶。我一次次来到遥远边地，不单单是为了拍到什么，而是为了远离一种生活方式亲近另一种生存姿态。那么，我的后半生又将会如何——是否还继续在那名利场角逐下去？那里，让身心太累；是否走进这绿意欣然的自然天地？这里，有着不同寻常的惬意的生活本态。而我所向往的是：不问政治，也不关心时局，只要自观心灵就好。我羡慕郑老师的生活方式，写作累了，就出去拍照，带上渔网和砍刀。"上山打鱼"这种新鲜又新奇的生活本态，我在去年就亲眼看见土卡河寨子的渔民在江上打鱼的情形。眼前总会出现山林、花草、湖溪、蜿蜒的山道、扛着渔网打鱼的农人，让我不由得憧憬向往起来。这种憧憬，如同置身两千年前某一个遗存的部落，那些"不知秦汉"的人，过着世外桃源的时光。

这种生活方式，更是如我一样的那些在水泥森林和空气重度污染的大

◉ 思茅腊梅坡女子舞龙队

都市的人无法体验到的。我在北京生活了二十多年，深有感触。因此，我有十一年的冬天往云南跑，就是因为北京的冬天实在让人无法忍受，从而逃避开那个肮脏了的城。我甚至想，每年长长的冬季可以来云南，找个深山住下，做个地道山里人，平时去爬山钓鱼采山菜，既强健了身体也远离了恶劣的生存环境，何乐不为？在这里终其一生也许是个非常不错的选择。

　　很晚了，从茶山下来。郑老师给订了茶城大道上的恒邦酒店，一个幽静的住处。为了让我们休息好，他甚至为我们订了两个房间。洗漱。躺在床上看地图。终于在地图上找到了郑老师说的李仙江、把边江、小黑江、戈兰滩峡谷瀑布和菜阳河，想象那里的桃源美境般的水上渔郎生活，很是羡慕郑老师。

第三章

「阿蜜诺，我爱你」

到一朵云上找一座山

阿蜜诺。
我从这三个简单字的组合中，
读到了某种意想不到的乡野美人的审美意蕴。
就像那些不知名的高贵的兰花草，
只适合山野，
入不得人间俗界的厅堂。

　　普洱处在海拔317～3370米的群山之间，平原坝子广大，中心城区海拔1302米，全市年均气温在15℃～20.3℃，年无霜期在315天以上，年降雨量780～1100毫米，负氧离子含量在7级以上。可以说，普洱非常适合人居。气候的温润，让普洱茶能很好地发酵、储存。上次我在这里买了不少普洱茶。可是同行的摄影家沈安波老师说，北方气候干燥，普洱茶不太容易发酵，没有必要过多地储存。让我这个爱茶人暂且收敛了些收藏茶的爱好。

　　早晨天还未亮，就被一阵急促的敲门声唤醒，是钟。手拿地图肩背"大炮"，满脸的庄重。这家伙，总是兴奋。他问我想不想去附近的洗马河公园拍鸟？我说不去了，就在附近转转。叮嘱他早点儿回来，今天早饭后就得去江城。

　　无法再睡，起床洗漱后，去茶城大道散步。茶城大道是普洱

◉ 采茶的佤族女孩

最有魅力的街道。这里有闻名遐迩的中国普洱茶集散地"中国茶城"，去年我曾在这里被几个茶庄看成是"大老板"邀请喝茶，还买了大量普洱茶。茶城大道很阔绰，街道两边和中间隔离带栽种着小叶榕、芙蓉树、芭蕉和三角梅，早春的阳光照在葳蕤的树上，发出柔嫩的光泽。我在路上慢走，大口呼吸新鲜空气，不时抬头看树叶。这些树叶刚从枝上分蘖脱胎，一尘不染，有的叶拱出时还蜷着小身子。小叶榕和寄果榕生出棕色小果子，玲珑剔透，珠圆玉润，摘一颗在手里把玩，滑滑的；用指甲划开果皮，边走边闻，竟有青杏子的味息。八点二十分，我正对一树虬枝感兴趣时，钟来了电话，问我在哪里，说郑老师已在酒店等我们了。于是快步赶回酒店。办理完退房后，郑老师带我们去吃早点。我们来到了一家特色早餐店，郑老师问我品尝过"花生米干"或"豆花米干"没有，我说没有。他要了三碗花生米干。这花生米干是将花生粉碎了煮汤，然后把米粉放进汤里煮熟即成。桌上有鱼腥草和辣椒等小料，我放了一点儿。这一顿早餐，吃得开心开胃，热汗沁出。

郑老师开车将我们带到了距洗马河不远的阳光花园，这里不久将开盘一片楼群。我们下车看环境。郑老师说，今年虽然房价有所平稳，但仍居高不下，普洱是有发展前景的城市，有机场，还要建高铁，去昆明只需一小时就到了，当然飞机更快。普洱的地理位置也好，北接昆明，南接西双版纳。交通便利不拥堵。他建议我来普洱生活，这里的生态相比内地而言，不知要好过多少倍。

聊着唠着，我们上车，直奔五一汽车客运站。告别郑老师，进站买票。时间是九点整，去江城的票最早的只有十点四十分的了。毫不犹豫就坐这趟。时间尚早，和钟坐在休息椅上看地图，商量去哪里再转转。钟说就去洗马河公园吧。打车直奔洗马河公园。洗马河其实是一个坐落在普洱市区的湖，传说古时某大将军征战时在此湖歇脚洗马，因此名曰洗马河。公园很静，只有几个人。有一位乐手在拉二胡，一位梳着江姐头穿着江姐衣的中年女士正在唱歌，全是民歌，一支接一支，还自己报幕，有趣儿。

◉ 进江城县的路口有"一城连三国"贸易往来的标志

钟是个爱动的家伙，拿出大炮，开始拍鸟儿。我一会儿坐下一会儿起身走动，见湖岸边竟有青色小鱼游动，很多，如不细看，还以为悬浮的树叶儿。为了证明是鱼，我用钟的大炮远焦拍下，然后放大看，的确是小鱼儿，不是那种养殖的鱼，这真让人高兴。说明这里的生态环境不错。水清冽无杂物。估计有人每天清理。时间不知不觉到了十点十分，我招呼钟，带上箱子背上包，踏石桥，钻桥洞，打辆的士，到五一汽车客运站。还好，十分钟就到了，在北京这是根本不可能的事，一站地堵车就会令人心情大跌。

向东南。一路风光无限美。

中午到高速路康平乡路段，停车吃饭。我和钟实在不想再吃米线，就买了两个黏玉米四枚鸡蛋，算是一顿午餐了。下午两点到达江城。打车到去年住的金一水酒店。稍收拾了一下，换了件干爽衣服，下楼准备去瑶家山。来到街上，打上出租车。司机说你们要去瑶家山今晚就回不来了，太远了。司机推荐了城里一个湿地公园，于是就到湿地公园。这个公园正在建设中，工人在铺水泥路面，池塘的水呈静止状态，发出腐洉味道。

我是一个不记路的人，也许是走错了。我依稀记得这里有个不高的山，能上去看市区的景致。再想想，可能在相反方向。于是再打车，说去观景台，司机说是新区。我想起来了，新区迥异老城的破旧。来到了新区，一眼就看见了去年还在挖地基、今年已成了大片的新楼。老驴所购置的房子就在这一片新楼中。

江城四周是森林，先天环境独有。也许这有限的平原面积将来会成为江城发展的瓶颈，让江城不能像思茅那样将土地无限向外扩展，从而显现出大都市气派。更何况江城的土地不太够用，房子开始向低矮的山坡发展。这种高速建设的局面立即出现了窘迫状态。我去年在街上转悠，看到的房子全是低矮楼房。这里见不到高楼，也许用不了几年，这个盆地将会让房子涨满。这里是思茅最大的小商品国际贸易区，老挝和越南的边贸会延伸到这里。"三国之城"将成为商家注目所在。未来的江城，是一个喧哗之城。

今天的小县城之静，也许会成为最美好的回忆。

站在观景台可以看到江城的全貌，远处的是老城，近处的是新城。新城是以新楼盘为标识的。给老驴发信息，说看到了他的新房子了。老驴打趣说："欢迎北京来的丐帮！"和钟坐在亭子里的木椅上拿出瓜子来嗑。观景台旁，几个男孩子在玩扑克，谁输就起身脱了上衣赤背往山坡下跑二十米再跑上来。这种带有惩罚性的游戏，让孩子们兴奋，气氛一度热烈。受此感染，钟咧开大嘴笑。天太热，穿的高腰登山鞋有些捂脚，汗涔涔的。也不管不顾了，不雅地脱了鞋子，让汗湿的脚充分获得凉意。这效果不错，汗消了大半。

钟第一次来，感到一切都是新鲜的。下山坡用小相机拍坡下开得正旺的野花。我倚亭子喝水嗑瓜子，看孩子们游戏。输者一遍遍重复下坡跑，胜者赢了也不再欢呼，而是低头洗牌，似乎这胜利来得太容易不值得表现失态。或许是看到两位与他们父亲一样的长者在旁有些矜持。但他们的快乐令我感动。这里没有城区的嘈杂，更没有让他们烦忧的事情，只有单纯的快乐游戏。这山，这花草，是他们的自由王国，悠然自得演绎着胜负，欢乐来得直接，来得真实。玩累了，孩子们比赛速度，跑下山。一会儿就消失在对面街道里了。

孩子们一走，山立即幽静。起身来到横栏前，看远处的楼群出神，手无意摸到了凸凹的字，低头细看，是以刀刻下的歪歪扭扭的、漆下露出的白腻子粉底的字：

"阿蜜诺，我爱你！"

我不知道这个叫"阿蜜诺"的女孩是彝族还是哈尼族，甜而不俗的名字，比内地的一些阿芳阿兰阿红阿凤不知要靓秀多少！而这连成了整体的话，在我看来，最是直截了当的话，也最是一句浪漫无比的诗。这个求爱无疑是最美的语言，是一个最简单的乡村爱情，也是最单纯的爱的表白，胜过千言万语的情书。刻这个字的，是否是刚才四个男孩子中的一个，我不得而知。但从这个名字，我会想到女孩儿的美丽：黑黑的圆脸，大大的眼睛，扑闪的长睫毛，高挽的头髻，纤秀的身材……哦，女孩阿蜜诺，这里有个叫阿蜜诺的女孩，还有个深深爱着阿蜜诺的男孩。爱情真好，简单朴实的爱情，令人感动。阿蜜诺。我从这三个简单的字的组合中，读到了某种意想不到的乡野美人的审美意蕴。我内心涌荡逝去的某种美好。那明亮的，是盈盈飞动的朴素真实，让情感呈现出金子般的色泽。这色泽在一个不知名的山上，就像那些不知名的高贵的兰花草，只适合山野，入不得人间俗界的厅堂。

⊙ 江城路边风景

晚餐是在去年到过的那家店吃的。我专门点比较陌生的菜：辣子炒酸金树芽、清炒油菜心、刺五加肉片煮汤、米饭。店家送上了生普洱茶一壶。吃完了饭，天黑了。再上山看夜景，钟用超广角小相机不停地拍。我懒得再拍，有些发愣地看着面前的万家灯火。山风吹来，凉凉地穿透了身子。下山，依然走去年和老驴走的河边，看不见河水，听不见水流，莫不是这河水干涸了？云南一直大旱，已波及十三个县市了。这被称为"雨城"的江城，也是一个多月没下雨了。无雨水滋润，一切都似乎没有了生机。具有讽刺意味的是，金一水酒店门前竟然有"热烈庆祝××水电公司江城总结年会胜利召开"的横幅，国内水电开发，已到了祸国殃民的地步了。不禁气从心生：云南大旱已持续三年，国内电力巨头怎么还这般地高调招摇？望着虽然疏浚了却是无水的河道，我只能选择沉默。

按理说，江城是座遍布水系的县，最不应该缺水！而且这里的河道深宽，如果有水那就一定是非常美的事情。前年在玉溪，也是见河道正在疏浚，玉溪河畔的水全是引自抚仙湖，那些水流到哪里去了我并不知晓，但是如此打造的风景却是得不偿失。

在我看来，风景应是自然生成的风景而非人为地刻意打造。如果是水库倒也罢了，问题不是水库，纯粹是为了"打造一个环境优美的城市"。城市，永远是欲望的聚集地，也永远是污秽肮脏的积极制造所在。再清澈的水，到了城市也会变得浑浊不堪。我那年带着长焦镜头来玉溪，在疏浚的河道岸边拍鸟。河道里残存的水与裸石生出了厚厚的绿苔，沤得发臭的水里，一些微生虫类和蜉蝣、水蜻蜓等遍布其中，引得诸多鸟儿驻足觅食。那些鸟儿如苍鹭、夜鹭、白脊鸰、黄臀鹎、红臀鹎、丝光椋鸟、杓鹬和麦鸡等飞起

⊙ 赶集的农人

◉ 移民安居房

飞落。

　　抚仙湖到底有多少水供给玉溪我确实无法知道，只怕专家也无法预测。而牺牲周边环境来为一个城市装扮，过后就扔掉摒弃的做法其实在我们这个国家最为盛行。城市把自然乡村的风光占为己有，开发利用完了后一走了之，留下来的是废墟和垃圾。我在一些乡村游走时，曾经看见柴油机留下的油渣和油烟，不断吞噬纯净的河流，致使一些河流出现污染，甚至出现牲畜不能饮用的废河废湖。这就是盲目发展带来的严重的后果。但是，一座城市，人类任何共同的记忆力和集体想象力，都可能在一些意识形态主导下，成为被粉碎的东西。那些被祖辈们踏过的山冈与河流，那些在今天看来可以构筑自然大美的所在，也许会在与社会集体利益相联系的程序中遭到侵犯和占有，继而成为被牺牲的对象，或是成为人类放纵欲望的"理想之地"。自然之神，被毁损，被遗弃。人也得到了报应。

再比如，我在2008年6期的《云南画报》上看见了这样的一个活动——封面大幅宣扬着一个"每年都要搞一次"的活动：景谷：2008中国国际雨林穿越挑战赛。画报上说，景谷的越野车雨林穿越活动，从2007年启动，年年升级，有来自世界各个国家的六十余辆越野车好手，云集云南景谷，穿越景谷原始雨林。主办人说，"今年景谷的赛道设计比去年难得多，有些赛道甚至超过了去年马来西亚赛事的难度，而去年马来西亚的赛事是马来西亚开展雨林挑战赛十年以来难度最大的一次，所以这次景谷雨林里演绎的是巅峰难度的越野挑战。"触目惊心的画面，成了中国主赛场引以为傲的事情。在一些人的眼里，这是"勇敢者的游戏"。在我看来，却的的确确是"破坏环境的游戏"！这个游戏重复着一遍遍上演。

我在博客里撰文强烈谴责这个活动实则是一种糟蹋环境的行为。那些硕大的车子在山林中横冲直撞，一路破坏了绿色植物。一些山坡植被地带被挖出巨大的倒车场、车道；一些树木被拦腰折断，露出了白骨一样的树茬；一些树根被车轮碾碎了皮，裸露出来已经枯死；一道道清澈的涧水，在隆隆车轮下搅起浑浊，与车子漏出的油污渍垢混在一起，受到了严重的污染。更甚是，主办者动用许多民工，在茂密雨林中，为这六十余辆庞大车队"开辟"道路，毁灭了大批大批正在生长的野生林与次生林。

我在文中谴责主办方云南景谷是如何看这一"国际赛事"的。是一些人的"撒撒野"、"放松放松紧张的神经"，还是"得到了常人无法想象的快感"？是一部分人"征服艰险，磨炼意志"，还是得到了"具有观赏性效果"的活动？浪费了财力物力，牺牲了环境，换来的是什么呢？是他们所说的"勇敢的证明"？那些扛着摄像机、照相器材的记者和那些前来的观赏者，那些为这一活动能来就来的人，倒成了这一庞大车队的帮衬，使这一在云南著名的热带雨林中举办的"世界盛事"得以"如火如荼"地开展。挑战山地路况极限，为何要以牺牲原始生态的自然环境作为代价？在我看来，这又是一场瞎折腾。这场折腾，无异于一次对环境的破坏和污染，无异于一场糟蹋、毁坏森林生态的滥作滥为，该受到强烈的谴责！

现在回过头来看这篇小文，有种"老愤青"的味道。当然，我并不是说非要追究一件过格了的事情。一切事情都必须从小处着手去做。我们不能改变一些屁股决定脑袋的人的思维，但我们完全可以以个体的力量来抵制，或者说高傲地远离某种恶俗。我想远离《圣经启示录》中预见的灾难场景，能去哪里就去哪里。反之，我愿意在已经确定了的领域里，比如写作上停顿下来，脱开那些功利的人群，把自己投入一个更为超脱的境地。这个超脱开始也许会是表面上的，但我毕竟走出了这一步，我要到不为人知的地方，到那里看看下面的人都是些怎样的生存状态？何况这些地方我已经走了不少。我曾尝试过专业摄影，判断自己到底能不能在这一个领域有所成就。当然，我对自己的判断历来没有准确过。但我目前正在这样做，专门到那些人际罕至的边境少数民族地区，了解一下那里的生活状态。我可以避开宏伟壮丽的理想，我可以放弃忧国忧民以及在一些人看来是"权威性"的学术领域，把自己完全解脱出来，真正做一回超逸的隐者或圣徒。在大自然中做个自由自在的孩子，倒也是一个不错的选择。就如同现在，有谁会知道我现在是在中国一个遥远的边境小城呢？这个时代，最不缺的，就是人的思想。各种各样的思潮，在核心价值观混乱的时代，是不会被人们轻易接受的。我曾窥探过深井，从井底试图掏出一点儿幻想，但幻想却是依靠赏钱生存。这样的生存往往是一个缺乏吸引力的对抗。我把这一切想法混杂起来。我看见那些过往了的主义或观念落满灰尘，失去了应有的光泽。那么人们需要的，到底会是什么呢？就连一个小小的某个体裁的创作领域，都有着令人不快的话语霸权存在。有人谈神性写作，自己的内心首先丧失了神性；有人放眼世界，却并没有世界一样的胸怀。我还能改变什么呢？惟有远离，或许能改变我目前的状态，才会脱开某种不值一提的利益冲突；惟有远离，来到自然山水中，才会发现我身边所没有的价值取向。在我看来，附着自然的人性是第一位的，而不是从属浅薄的争雄。一切顺应自然发展之规律。内心的神不容剥夺。我从忘却中恢复对往事记忆的每个时刻，都将成为我人生美好愿望的浓缩成分。

时间和空间，也许就在这个时刻，为一些准备着的事情，调换到它所能调换到的价值。

　　我在江城的街上走着，身边有许多不知从哪里移栽过来的榕树，有的还用铁架子支着，有的根部培上了土，那些树只是一个弯弯的树干，有的发出了嫩芽，一看就知是新栽种不久的。也许未来的江城是一个葳蕤葱郁的榕树世界，这当然是我愿意看到的景观。过马路到广场。广场的人寥寥，没有了去年的热闹，黑黝黝的只有几盏灯亮着。

　　钟跑到那边拍灯柱去了，我躺在一个长木凳子上休息，仰面看着漫天星辰，闪烁着璀璨的光芒。这边地的星光啊，异常纯净、明亮。钟撒欢似的在广场乱跑。我看了一会儿星空，坐起来，呆望不远处两位老人拉二胡，曲子是我熟悉的《江河水》。老人拉得很慢，那吱吱呀呀的声音割着神经。我怀疑是不是听错了，老人拉这么忧伤的曲子？也许纯属娱乐。一会儿传来了钟的喊叫。钟走过来，边走边赞叹这广场修的真是大啊大啊。半路上他又买了一根甘蔗吃。主街道有一段无电，黑黝黝的，树影如墙。我们从这"墙洞"里慢慢钻过。

第四章

漂泊山谷的小寨子

还是那些个晾晒染布的木楼。
只是不见了穿靛蓝青衣头戴银饰的瑶家人,
只是不见了头戴小圆帽脚穿小绣花鞋的孩童。
村子静悄悄的,
只能听见鸡群在草丛里觅食行走的声音。

　　江城担当得起雨城、山城和森林之城的美誉,这是老驴引以自豪的地方。他曾查资料,江城盛产稻米,品质为云南之最。从江城新区那里出发向东,步行只需一刻钟就会进入深山,有通往土卡河峡谷湖泊方向的森林荫道。这一路,会经过吊竹峡谷、牛洛河茶山、二叠河森林、十层大山森林等。群山起伏,江水纵横,树绿成荫,生态环境相当好。

　　一夜窗幔没拉,我临窗而卧,不知不觉月照床头。按着月历,今年的正月十六月亮最圆,正月十七月亮最亮。今天是正月十七,月把对面的山峦照得通亮,能分辨出山林的轮廓。这个房间是六楼,在江城老城区已属高层。我特意选的房间,窗子外面是学校操场,操场外是翁郁的山。有些失眠,起身拉开窗子。清风卷着浩大的月光迫不及待涌了进来。我被月光的大水浸漫,身子凉爽,

⊙ 勐康口岸边境的下坝卡村，早上干农活的人们

心灵飘逸。山的气息、草木的味息，弥荡每个角落，把浊气冲尽。抬头看天：一盘圆镜高挂天穹，好美！一切都是那般的轮廓分明，天地静谧，鸡鸣声起伏，几粒小星浮现，似开在天上的小花，又似游动的鱼儿闪烁的鳞片。楼下的树和花浸着月光，散发出淡淡的清香。现在，县城睡着了，我却醒来；人们熟睡了，我却难眠。这座山城和月亮，把整天整地的香气全都给了我。

有些冷了，回身躺在床铺上，裹紧被子再睡，又睡了一小时，凌晨再起来看月，这次月亮的角度正好，清澈、碧透。老子讲"涤除玄鉴"，宗炳讲"澄怀味象"，皆为物外神内的审美极致。一些诗人写的月亮，也是美极，王维、李白、苏东坡，还有陈劲松《3点45分的月光》："谁拧开了月光的水龙头？如果没有人醒来，这逝水的月光就将白白流淌，谁在此刻陷入睡眠，它就是谁溃散的时光！"明亮的意境，盈满了时光的缝隙。江城的月，边地的月，如此幽邃，如此明亮！月亮如舟，静泊天上；浅云飘浮，轻漪闪光。

再过一会儿，外面的天变黑了，月亮落到山的另一边了。这是黎明前的黑暗，神也要安眠一小会儿。

轻雾渐起，来去无迹。天地间披上了一层薄薄纱布，也许再过一会儿，雾会随太阳的升起皆尽飘散。鸡鸣此起彼伏，悠远、绵长，弥漫浓重的乡土

⊙ 勐康口岸中老边境线上的老挝界碑

味儿。对面山谷，更是鸡鸣一片。这是我喜欢的泡在月光里的声音，是融在月光里的意境。在这里生活的人，享受城区生活便捷的同时也能体味乡村的温馨。但时间久了，也许早已失去了对温馨乡村最基本的品鉴，也就无诗意可言。我这个外来人不同，一切都是新鲜值得回味的。这时，我看见山巅上那三两粒小星互换了位置。街道有汽车驶过，清洁工开始清扫街道。

钟急着赶往东站，只用几分钟时间就收拾完毕，迅速带上相机和包，步子飞快在前面走。我不得不佩服这个军事教官级的人物，他昨晚跟我说："来个刺激玩法。"与我一样，他是那种不太喜欢游逛公共场所的人，总是愿意让自己走在无人的大自然里，比如山林悬崖、草原河边。他有浪漫诗意，我有纯美向往，二人的共同之处就在这里。

到东站，打听勐康的车十二点才有。我的天，怎么能等到十二点？和钟商量了一下，还是租个车吧。先吃饭再说。在小摊上吃了碗米线，到那个标志性的"奔牛"雕像处等车，一会儿就来了几个人问租车否，我说去勐康，司机说一百元。我去年去过，不会那么多，我说。一对等车的夫妻告诉我，

这时间无车，只有小面包组合去，这样会省钱。这时，那个男人向对面招了下手，对面就来了一个中年男子。问我坐不坐"皮卡"车？皮卡车就是那种前面有座后面像卡车装货的那种，车轮大，底盘高，马力强，要比小面包安全也很适合越野。他说这车是四人座，再坐上两个人就可以走了。他说每人二十五元，两人五十元。这个价能接受，钟也同意。我坐后座，钟坐副驾。那司机就到那边与几个人说话。正着急时，司机领着一个戴鸭舌帽的黑胖子走过来。我开始以为那个黑胖子是客人，没料想那黑胖子与司机是朋友，黑胖子坐进了驾驶室开车，那个中年男子坐到了后面与我并坐。我犯嘀咕，这到底是谁的车？没多想，那黑胖子已将车开动。

路上，中年男子与我攀谈起来，他讲江城几年的发展，讲当地的生活，等等，我没太在意他都说些什么，只觉得那黑胖子把车开得飞快，转弯时也不减速。在经过一段浓雾的路段时也不减速。我抓紧了扶手，心提得高高的，看着一言不发的黑胖子。这黑胖子满脸的严肃，眼盯着前面的路，双手灵活地转动方向盘。虽说觉得他很认真，但坐这种飞快的车，又是弯路多、雾气重的山路，真是胆战心惊！车到路边的一个村寨停下来，那个黑胖子跳下车，重重地关上车门，谁都不理，一言不发走了。中年司机从后面下车，再上了驾驶室开车再行。钟说："这家伙开得太快，我本身喜欢开快车，都有些害怕。"

中年男子哈哈一笑，说："他是我小时候的伙伴，彝族，有蛮劲，爱打架，爱喝酒，喝多了就找人打一架，因为闲着难受。今天本来我要再等两个客人，他非要走，还要开我的车。他昨天晚上喝醉了，住在城里，今天正好开我的车回家。他想开车啊，我要是不让他开，他就会说'有什么了不起，你这破车！'我就只好让他开了。"这一说，让我和钟不但没害怕，还哈哈大笑起来，只觉得这彝族黑胖子很有趣儿。司机见我们高兴，话就更多了，还告诉我们回来时可能没车。要到路边等车，恐怕很少，得坐小面包了。坐小面包每人只需要8元。这里的面包车很便宜的。走路的话，可能很辛苦。

勐康到了。勐康口岸是中国和老挝的边境，在两山的夹缝处。山体巍峨，森林蓊郁。中间一条宽道，是来往贸易边民的通道。今天似乎人特别少，我给钟在7号界碑拍照时，只有几辆过往的大卡车，多是中国出境的，可能到那边拉木材、矿石以及农产品。据说这里的边民很会做生意，而且把生

⊙ 小轿车与农用车
交错而过

意做得很大，做大买卖的我想不会是普通的边民，是权贵阶层在做，只是人们不知道在做什么罢了。武警在执勤，往回走时钟要给人家照相，被拒绝。我对钟说，你还不懂边境的规矩，边境线上最忌讳的是给边警照相，你该明白。

这里只有一个7号界碑可看，来往边民寥寥，显得寂静。半小时撤出。从地图上看，这里有一个风情小镇，是不是前面那些房子？看地图，绝对的是这个点。我和钟快步回返，一直走到土路上坡的村子。这个村子叫大关下坝卡村，是一个"移民村"，都是从昭通那边迁移过来的。2000年建村，房子清一色灰色空心砖房，房子墙下堆积着木柴。空气清爽，吸一口还有些湿润。阳光清澈无比，路边的菜畦呈现油画色调。我们在村子里转悠，钟用他的"大炮"瞄准远处的下田农人。我拍几个玩耍的孩子和在自家门前劈柴的农人。

我通常用这样的伎俩来拍摄我感兴趣的对象，像是不经意四处环顾，佯装对某处的景物很留恋的样子，这个景物必须是与相机广角能够囊括进来的人物很近。事先我设置好了连拍的快门速度、感光度和虚实光圈，以及自动对焦中心点。这样一旦举起镜机，就会干净利落，快速揿动快门，从而将所摄的人物准确收入镜头。如此方法有点儿像老练的狙击手，而且百发百中。

◉ 堆放木材的路边

当然这种拍法是即时性的，更能真实反观情境。我注意到一些农人开始有些戒备，但看我似乎对他们身边的房子或身后的山冈、田野和村子感兴趣，就放松了警惕。那些把孩子装进篓篼背着下地干活的年轻母亲，那些在自家门前爬墙的孩子，那些三两个在一起纳着鞋底儿的妇女，那些倚在墙边叼着汗烟的男人，就这样一一进入了我的镜头。

村子惟一的水泥路上，铺晒着许多白碎块状东西，我问路边一个男人，他说是木薯，喂猪的饲料。铺在路上，是为了让车辆辗碎成粉喂猪。再往前走，果然看见一户人家刚刚铺上大块的类似树根的木薯。木薯的外皮与树皮没什么两样，内里淀粉，猪吃了增膘。往前走，见一群五六岁的小男孩背着与自己身体极不相衬的大篾筐要去割草，小脸蛋红红的，嘴巴上还挂着鼻涕。唉，这么小的孩子，该是被父母疼爱在怀抱里撒娇的年龄啊，生在乡村却要上山里割草，要不是亲眼所见，真不敢相信这么小的孩子去干大人的活儿！下坝卡村是贫穷村，强壮的贫困男女劳力都外出打工了，只有老幼留守。

我在拍一户人家门前的大木瓜树时，一位老汉热情与我打招呼，他女儿正在烤糯米粑粑，拿来一块粑粑给我吃，烤得热烫，很香。我与老汉交谈，他说，这个村有三十多户人家，是从昭通那边移民过来的。论天然条件，这里肯

045

定比在昭通好，但这些年生活没什么改变，因为耕地有限，又没有什么特别的物产。比起上坝卡村来说，有相当大的差距。我问上坝卡村在哪里，他用手一指对面的山坡，我看见山坡上全是新盖的漂亮二层小楼式贴瓷傣式砖房，房瓦粉红，墙体乳白，绿树掩映，就像别墅。我说，下坝卡为什么不能像上坝卡那样？老汉说，那是"新农村"，这儿不是新农村。这儿还是旧农村啊。我们住的房子多少年了，还是当年迁来时盖的，到现在还是这个样子。

不再多问。再往里走，很快到了村头。村头是一个大大的坡，若是从这个坡下去，可直接去上坝卡村。这时钟不知从哪儿窜出来，他没拍到什么鸟儿，光听见有鸟儿叫。返到路口时，一个老汉从屋里出来，叫住我，问道："你是不是记者？"我说我是拍照片儿的。

"那你能不能到我家来？"老汉一脸的严肃，这样说。

以为还是那种要拍照片然后寄来的那种农人。我说可以啊。我们到他家。

老汉家小院子不大，与刚才那家一样。院子里有两只小铁锅，灶下柴火正旺。他把我们引到灶前，把两只小铁锅打开，一锅煮水，一锅里是青菜。又打开电饭锅，里面是焖好了的米饭，还有一小锅是玉米碴子饭。他愤愤地对我说："你看看吧，我们就吃这个！"

我和钟面面相觑，不知他要干什么？看他严峻的脸，我旋即明白了什么，与钟会意地点了下头。这时老汉又说："你们要反映一下我们这个村的情况。村长贪污枉法，你们要反映！"我说，那就拍几张吧。他说太好了。我就连他和小院子，以及锅里的菜饭一起拍了几张，然后和钟一起走出这家。我的内心有些愧疚，在边远的山区，依然有人把记者的地位看得神乎其神。在农人眼里，记者不纯粹是为了旅游，而是出于公心和公正为老百姓打抱不平的人。我曾在电视上看到一位女大学生只身一人到偏远村寨为那里的小学校呼吁，后来便有海外华人建希望小学的事。也许这类似的事情，让偏远地区的人把记者看成具有尚方宝剑力量的人，虽说如今这样的记者不多。老百姓的心中记者却是无比强大，能触动社会神经，从而引起当地政府的重视。比如毁坏天然林的问题，比如开山挖矿问题，比如修建水坝问题，比如强拆民房问题，比如谁家有冤屈问题，等等，老百姓呐喊起不到任何作用，但若是被中央电视台的《焦点访谈》报道了，那兴许就是问题，当地政府也就会重视，否则视而不见，说不定还同流合污呢。因此，在这些老百姓眼

046

勐康口岸边境下坝卡
村寨的女人和孩子

勐康口岸边境下坝卡
村寨的孩子

勐康口岸边境下坝
卡村，早上劈柴的
农人

⊙ 到中国境内的老
挝边民

里，记者是有着大能量的人。老百姓一遇这样的机会，恍若看见了希望，渴望记者把他们的不平报道出去。

惭愧的是，我确实没有这样的能量，我也无法向这位老汉解释什么，这是因为我的能力所限，当然也有我的勇气。我的能力仅仅能够写点儿纪实类的游记，我的勇气也仅仅是在文字里真实记录这些情况。如能承蒙当地哪位领导读了，且这领导有体恤民心的善良，责无旁贷为所反映的问题去改变一下民生状态，实属万幸。但这种机遇渺茫。当下的市县级领导太忙，不可能来看这冗长的小资文章，不能指望什么。所以当那位老汉送我们出来，并指给我看村长家正在盖新楼让我注意时，我果然看见，前面挨近路口处的一户人家正在盖新楼，四周墙体已砌好，已快封顶了。样式与上坝卡的小傣族新楼一样。

边往前走边与钟议论刚才老汉反映的事实。钟也是无奈地叹息。忽看见一户人家门前，一位妇女正在纳鞋垫儿。钟想买，那女人说是给孩子纳的，太小了，没有适合他的。钟很失望。出村子来到路口等小面包车。路口有几个摊位，有老挝人有云南人，大多是饮料、小食品、烟酒和日用杂货品等。五六个老挝女人孩子在一个土堆上坐着吃粑粑。这时已快近中午，阳光明亮，山谷里一览无余。天空碧蓝，几朵云飘荡。那些云就在身边，那些雾状的白色，在掠过山林的一刹那，我分明听见一些细密的声响打在树叶上。路边的树嫩绿，春的气息溢满整个山野。在这纯净的山谷行走，心情是快慰的。忽然想起耿老的电话一直没打。因走时匆忙，耿老的座机号码记在家里的电话本子上，手机里没有，只有给陈劲松打一个电话了，让他代我向耿老感谢并致问候。与劲松通完电话后，我就在路边拍摄山景，还是没有车来。钟说，我们边走边等吧。我说好。于是二人沿来时山路，向勐康路口走。

开始与钟走，他拍鸟儿，可是他总是说我把他的鸟儿惊扰了，不是说话声音大了就是脚步太快了。烦得我只好与他保持距离。一会儿他在前面，一会儿我在前面。我们就这样拉开距离走。边走边欣赏着山路边民居景致，他边走边瞄准树梢上不停啁啾的鸟儿，看来今天就要这么走下去了。不过，也挺适合我们的：一个是远近闻名的竞走教官；一个是傻走傻撞的徒步者。看来二人今天非要来个"刺激的玩法"了。这样想着，步子就加快。我的鞋实在太闷脚了，停下几次松鞋带凉快了再走。

路过上坝卡村，路口有标示牌，上面标明是2009年建的"社会主义新农村试点村"。这个上坝卡就是刚才在下坝卡看到的，果然与下坝卡不同。眼前的房子绝对是别墅级别的。我在云南遇到不少所谓的"新农村试点村"，大多是在高速路上，方便人们看到，包括在西昌大凉山区也是这样。这边试点几年了，更远的山区里的农民，依然房屋破陋。不禁令人想起好大喜功者——当地政府的"面子工程"：乡级的应付县级的，县级的应付市级省级的，省级的应付国家级的。如此层层应付，官做得体面了，有成绩了，老百姓却是苦不堪言。就像刚刚在下坝卡村老汉反映的情况一样。眼前这些按着傣族风格建造的村寨，两层带宽大的露台。小楼下的院子内居然还停着黑色的或白色的或红色的小轿车。村头马路边，还有平整的运动场地，两个孩子在玩转车。看来这个村寨很富裕，或是城里有钱人来住的？实在太累太热，浑身出汗，歇一会儿再走。在深山的盘山公路上行走，绝对能锻炼出国家级竞走运动员。除了绕大圈儿走，还有上坡下坡，速度时缓时急，把两只脚走得灼烫。

我预感脚趾磨出水泡了。大卡车和摩托车一辆接一辆从身边经过，钟抬手示意停下，但没有一辆愿意停下。后来我逗他为什么人家不愿意停车，看你戴个贝雷帽，一身绿装束，扛着500定焦大口径镜头，还以为你是个扛着小钢炮的老挝军人呢！不知为何，先前我走路，是愈走愈有精神，愈走愈让我感到了挑战性。我常常以能走自傲。当年，也是竞走健将啊：行走怒江大峡谷、翻越高黎贡山、暴走金沙江虎跳峡、横跨玉龙雪山下的拉市海和束河……走过的路不下万里了，这点路算什么！但钟确实比我更胜一筹，他从小就能走，为了能到亲戚家吃上一顿美餐，他要翻越好几座山，走一天到山那边的亲戚家。在北京，一次他从魏公村到三元桥一直走到了首都机场，四十公里走了六个小时。更是厉害！

我们估算了一下从勐康口岸7号界碑到勐康镇、普洱、江城的交叉高速路口，有十五公里，这十五公里算什么呢。坚定信心地走。走路也别有一种风味，我宽慰钟说。我累，是因为我长时间没有锻炼的缘故。行走，也是对自己懒散的批判。我边走边想着，忽看见前面有一小村庄，原汁原味，不像上坝卡村那样富有。村子边上有个小卖店，进去，一位老汉在，我买了两瓶矿泉水。看营业执照上的地名：康平乡勐康村报木冲社。

老汉是哈尼族人。我明知故问老汉到"路口"还有多远？老汉问旁边正在修理拖车的一个青年，那青年回答"太远了"。这时钟赶上来了，我给他一瓶矿泉水，稍坐了片刻，他便又朝前走。老汉说帮你们找个车吧。可是找的是摩托车。我说摩托车我们不坐。老汉说那也只好步行了。看我说得坚定，老汉直佩服，"这段路太远，连我们也不常走。"我心想，今天就要来个"刺激的"行走，在满山嫩绿的山路快走，总是美好的。

钟将我远远甩在身后。我不管不顾，快步追赶，脚如踩火炭。一直走到了二官寨镇子。人们躲在树荫下乘凉。一个甘蔗摊前，钟正在咔嚓咔嚓吃甘蔗。我坐下，他给我一根。甘蔗很甜，属于细细的刚割下的那种。吃完甘蔗，付了钱，开始找车，找了几辆都不去路口。只好再踏着干热的路向前走。一直走到了路口。算来，我们已经走了两个多小时。一会儿有一过路的小面包车，我上前问能否去瑶家山，开车的是一个年轻人，他也不知道瑶家山在哪里。我给他看地图，他让我上车，说应该就在前面，好像是有个瑶家山检查站。然后直奔而去，还真是有些远，一刻钟后，车开到那个叫瑶家山的检查站。付费，下车，缘路上行，问路边修路工，说瑶家山就在前面，一个水泥坡路上去就是。我欣喜万分，不顾满头大汗，拖着疲惫的脚步进入瑶家山寨子，却怎么看怎么不像去年的瑶家山。

进村子，有狗儿吠叫。一户人家门前有个妇女在织布，我递上瑶家山人的照片，那妇女立即认出，说是瑶家山六家社——怪我没记清还有个"六家社"。就如同上次去西盟边境的岳宋，社与组，是分散的生产队。若是别人早就累趴下了。钟任劳任怨，没有过多的责怪，他眼里的这个老友总是迷路，和这个老友外出拍鸟儿，总是走错路。今天又是如此。我们从这个瑶家山寨子退出来，下到高速路上往西走，继续寻找六家社。这一走不要紧，又走了三十分钟，当两人累得不行时，终于看见路边有一个木板标牌：瑶家山六家社。

今天的寻找千辛万苦总算找到，真是不易！进入六家社的土路，我如归乡般激动：还是那个土路斜坡，还是那些个晾晒染布的木楼。只是不见了穿靛蓝青衣头戴银饰的瑶家人。只是不见了头戴小圆帽脚穿小绣花鞋的孩童。村子静悄悄的，只能听见鸡群在草丛里觅食行走的声音。见到第一家，拿出一沓照片让一个男人看，他马上说："有我们家四张——我老婆、我娘、我儿、我弟媳。"我细看他的老娘，正端坐在小院子里的板凳上晒太阳呢。是这个老人，我说。他老婆看到自己纺线的照片，很高兴，进屋给我们倒了两杯水端上来，拿出小凳子让我们坐。我们坐下，寒暄几句。男人说他叫张志平，没参加"度戒"，他老婆，也就是眼前这个女人参加了，还有他儿和他娘。他儿子就是那个"执杖拦路"少年。

时间紧张，不能耽搁时间，起身寻找另外的人。因为村子不大，只有四十户人家，而且住得紧密，村子缘山坡而建，房子错落，但已不见去年的特点了。

这是一个极度贫困的瑶族村寨，产业只有有限的山地茶园和蕉林，每年人均收入只有八百元。这时，一位手臂受伤的叫张朝林的农民，自告奋勇当起了我的向导。他领我和钟挨家送照片。我见到了去年在路口第一个敬"进门酒"的姑娘，然后见到了穿小红衣的七岁女孩张金萍，最后又看到了那个向我扮鬼脸儿的小男孩。这个小男孩正在飞跑，我叫了他一声，他就站住了。当时给他拍了两张，这次正好洗出带来了。时间不早，我不能一一送到。我把余下的照片交给了张朝林，让他交给乡亲们。

第五章

瑶家山「度戒」的原始图像

一个"假借"古老神灵名义进行的精神导引活动，
让我突然看见了民间人性向善的亮光。
这个亮光，
被一个叫瑶家寨子的老老少少颂于心、付诸行。
如此看来，
传统意义上的"德育"所奉行的准则，
其实早就在民间以朴素的方式悄然进行了。

　　走出瑶家山六家社，心理反差极大，还有些酸楚。怎么也找不到去年"度戒"时人们身上的那种风采。随之，我也明白了那次"度戒"，是县里"特意"安排的一次拍照活动。这次安排的拍照活动，瑶家山老老少少们都尽心尽力表现出他们最为美好的一面。让我们这些从未看到、读到、体验到"度戒"的"客人"，切实感受到了民间还有这种另类的"教育"。这个"教育"，并不只是针对一个做成人礼的孩子，而是折射了瑶家人优秀文化中"敬天法祖"的传统。现在，这个村寨完全迥异于去年，万壑群山中显得遗世般苍凉、孤独，不禁令人心酸、唏嘘。此时我脑海里完全是去年四月的回忆图像——

　　那天，我们乘大巴车从普洱至江城，走省级214道。一路我所坐的位置恰好是太阳东照的车窗。我多次来云南，去江城还是第一

⊙ 倚在山坡上的瑶家山六家社

　　次，不辨方向，不知这毒辣的大太阳会随正午的临近从这边的车窗直晒进
来。即便有窗帘也无济于事。车行不到一小时就热得汗流涔涔。过了曼老江
桥，大巴便在一个叫那吉的路边小寨子停下准备午餐。我急不可待等大家下
车后脱掉长裤长衣，换上短褂短裤。因为越往东越临近河谷地带，被大山围
裹的山谷就越炎热。我换好衣服下车，与大家一起走进路边一家小餐馆。菜
还在准备。大家围坐桌边喝茶。我闲不住，便走出小餐馆，到马路对面的民
居附近随便拍几张。这山谷人烟稀少，植被和溪水纯净。太阳光线强烈，所
有景物耀眼且富质感：山坡罅隙的阴影，民居前的木瓜树，山涧吃草的水
牛，台地采茶的老奶奶，茶树丛里奔跑的孩童，偶尔从遮挡的茅草间闪露出
来的亮晶晶的溪水，等等，无不丰富着大地的细节。这里有原始纯然的山谷
和自然生长的植物，而一个原汁原味的山地民族，就藏在大山深处。
　　前行的路一览无余，道路被两边树木簇拥。一抹氤氲裹罩山地，浑身的燥热立时褪去了许多，涌上身的是几许的清凉。我在坡下拍了几张照片后回到小餐馆和大家一起吃午饭。小餐馆空间狭小，我匆忙吃完到外面凉快。趁大家还在吃饭的空当，拿出地图，察看现在要去的临近中越边境的瑶家山，正是在普洱至江城省级公路的三分之二处，是归属江城县康平乡的一个小寨子。吃罢饭，大家上车，车再行一小时就到了瑶家山。这里正在举行一个瑶族特有的男性成人仪式——"度戒"。

度戒，是男孩长到一定年龄，根据族传规定确立的一种戒律仪式。这种仪式过程长达七天七夜。这期间受戒男孩必须接受师父的教诲，学习做人之道，从精神上成长起来。待教授完成后，男孩就要在家中足不出户几天，反思师父的教育，每日少食，不得沾染油荤，只吃点素食，接受"饿其体肤，空乏其身"的成长考验。"度戒"的精彩处，是最后的"掉云台"。这一天是男孩的"导师"选定的良辰吉日。果然，瑶家山天高气爽，空气洁净得像一泓通透澄澈的水，遍山草木清香扑鼻而来，嗅之，清润肺腑。

我们到时十点多了。因寨子事先接到通知，早有准备的瑶家山男女老少全都集合在寨子路边迎接我们。一下车，乡亲们齐声鼓掌。着盛装的姑娘端着酒杯拦住进寨的客人。这是云南少数民族特有的迎客方式——"拦门酒"。这酒当然要喝，而且必须一干而尽。只有喝了这拦门酒，才是对父老乡亲的敬重，也才是他们尊贵的客人。这大热天的，三杯下去，也是相当辛辣。一股子热气直冲头颅。喝完酒就可以往里走。匆忙中我又犯了一个错：忘了带遮阳帽了，让太阳当头而晒。想到车上取，又怕返回时再被拦住喝酒。因为我已经喝过了拦门酒，不擅饮酒的我只好打消了取帽子的念头，随大家一同走进山寨。

寨子里的人都来参加这个男孩最后的"掉云台"，他们穿上瑶族服装庆祝。实际上没有我们来，他们也照常举行，只不过规模要小一些罢了。只是我们来了，就额外增加了一些表演项目，比如要在场内走几圈，比如看热闹的年轻女子和小童也穿上了只有在节日里才上身的瑶家衣帽、佩带服饰。此时，瑶家山人人盛妆，简直就是一个瑶家盛妆大会了。老人孩子，男人女人，服饰不一，在古朴的村寨里走动，很有山野乡风味道。

云南江城瑶家山瑶族是蓝靛瑶，系瑶族的一个支系，因穿用蓝靛浸染的衣物而得名。蓝靛瑶专以种植马蓝制靛为生。用以制蓝靛的蓝，在《本草纲目》里就有记载。马蓝的叶子也称作大青叶，可入药，功效与蓼蓝、菘蓝相近。瑶家人常年生活在潮湿炎热的大山森林深处，一袭靛蓝染色的衣服，可能是他们抵御疾病疮毒的最好保健服。他们穿得厚重，而我短褂短裤，拍一会儿就得到树荫处或屋檐下凉快一会儿。瑶家人却在太阳下自如说笑，很是洒脱。我一边拍照，一边打量寨子。这寨子平时少有人来，还保持有相当完

⊙ 晾晒靛蓝染布

好的古朴吊脚楼建筑。寨子建在山坡，房屋全是黑瓦屋顶，土坯墙壁，木柱吊脚。几位老妈妈坐在自家屋檐下纺织，还有一位老妈妈在两棵大树间拉一根绳子晾晒染布。我真以为闯进了过去古老的原初，因为眼前的生活场景古老而素朴。坐在寨子空地上，望得见对面山坡葱郁的树木。寨子也是掩映在茂盛的大树里。寨子中心，有一个只有篮球场大小的"广场"，有一座用圆木架竖起的三米高的"云台"。毫无疑问，是为"度戒"男孩准备的。

　　所有人开始向寨子广场走去。我看见迎客的队伍马上变幻了队形，男女老少汇成一路，直接进入仪式。我这才意识到真正的仪式刚刚开始。立即躲在一边拍摄。只见队伍从容走着。打头的，是两个手持彩棒的小男孩，紧随后

⊙ 导师将"度戒"的孩子从家里领出来　　　⊙ 导师引领"度戒"的孩子绕寨子一周　　　⊙ 导师向孩子"训戒

⊙ 导师引领度戒少年攀上云台　　　　⊙ 导师向男孩"面授机宜"

⊙ 度戒场景

◎ 跪在云台前的度戒少年　　　　　　◎ 妇女们唱《十戒歌》

◎ 准备托接掉云台的少年　　　　　◎ "重获新生"的孩子

◎ 度戒少年掉云台后的第一口饭

面的是一对年轻夫妇。走中间的，是身披红袍的大导师。大导师身后跟着一个披红袍、头顶"神灵"纸像的十几岁英俊男孩。这男孩就是今天"度戒"主角。男孩身后是几个中年男人女人，后面跟随的是全寨子的人。队伍边走边敲铜锣。前面两个手持彩棒的小男孩，走一段，就要将彩棒交叉于地，作拦路状。走在前面的男人便会从上衣口袋里掏出两张十元钱，分给这两个小男孩。得了钱的两个小男孩高兴地做着鬼脸。到了"云台"，乡亲们跟着大导师和英俊男孩，围着台子一圈一圈地转。一边转一边念着瑶家的经文。大导师用一束青草蘸水抛洒云台四周。这样走了七八圈，停住。人群自觉退回围成了一个大圈。只剩下五位导师和受戒男孩在"云台"边停下，全场静默。

受戒男孩最后的一个仪式是"掉云台"。前几天，男孩接受五位导师的教诲，这五位导师，分别从人生的五个方面对男孩进行训导、教育。即意味这五位导师在男孩成长历程中终身担负除了抚养以外的众多职责。比如，教书、教化、为人处世之道，而且随时都有权利监督孩子成人后的一切行为。男孩拜师将获一部"经书"。这部经书，是祖先传承下来的"心灵之书"。男孩必须熟读经书，理解其中的做人之道。这是瑶家人必须研习的人生课程。这个寨子里的每一个男人在这个年龄都要受此教化。在学习汉文化的同时，他们早已接受了由瑶族祖先传给民间的"德育"。难怪瑶族寨子里人与人都能和睦相处，是因为有一种强大的民间力量左右人的行为。乾隆《开化府志》卷九就有"瑶人，男女皆知书"之记载。瑶人从小接受"度戒"，是对古人所说的一个最好的注解。

大导师站台前，其余四位导师站成了一排。大导师牵着男孩到"云台"下斜放的梯子下，示意男孩面对"云台"跪下，大导师开始训示。代神说话，是"度戒"的重要内容。这个内容从祖宗那里传承下来，不容含糊。五位导师用瑶族"神灵语言"开唱《十戒歌》：

一戒弟子不得骂天骂地；

二戒弟子不得乱杀家养牲畜；

三戒弟子不得骂父母长辈；

四戒弟子不得相争，不贪财色；

五戒弟子不得轻生，爱惜生命；

六戒弟子不得贪懒做盗贼；

七戒弟子不得嫌贫爱富；

八戒弟子不得瞒师骂圣；

九戒弟子不得怕虎怕蛇，风雨顺行；

十戒弟子务必遵守戒律。

声韵类似经文，吟唱者完全沉醉其中了。男孩也轻合双目，洗耳聆听。我恍若听到佛音降临。声音在空旷处起伏，落在草木上，和花香一起弥漫。不似严肃的训语，却是亲人谆谆嘱咐。柔和的唱腔，带着祈祷、祝福和殷切的期望。男孩一脸庄重和肃穆。也许，从这一天开始，他已然意识到了成长的重要。这重要不仅是身体上的，更是心灵上的，它不是一个人的成长，而是许多人的心灵所向。祖先品德的力量，让他不再是淘气顽皮的孩子，而是能与父母一起，为生活负重、为人生担当的男人。我在这样一个很小的瑶家寨子里感受到了"度戒"的施洗，也像那位男孩一样，身心得到了澡雪。在场所有人，这一刻都静静聆听。山坡上、场地边、屋檐下、田地里，人们放下了手里的镰锄凝神而望。跑动的幼童，也被母亲搂在了怀里不发出声，蹲在一边吸烟的老人像一尊雕塑，女人也放下了手里的织机梭子侧耳聆听……这绝美庄重的仪式在一瞬间如同圣典，人人都是参与者、朝圣者。也许，男人会想起自己当年的度戒，女人也想起自己的男人或父辈也是这么过来的。此刻，整个大山深处，一个小小村寨的成人仪式正在庄严举行，足以证明它的价值。这种价值的意义在于摒弃人世间许多欲望，寻找道德和内心的自我建设。但这样的仪式，却不为外界知晓。

《十戒歌》唱完了，男孩轻闭双目，痴痴地长跪原地。他也许还沉思在这《十戒歌》的每个一字里。那是对神的聆听和对古老训诫的铭记。这时，大导师上前一步，扶起男孩开始爬梯。大导师在前，男孩在后。爬得缓慢。在大导师的引领下，男孩终于登上了三米高的"云台"。云台面积只有一平方米，男孩先是在云台上蹲着，大导师则从另一侧跳下，并把梯子撤掉。于是这个云台就成了没有梯子的台子了。大导师在台下缓缓向男孩摆手，男孩颤颤巍巍站了起来。甫定。稳神。呼吸。吐气。凝立不动。沉寂的人群登时爆发出一阵掌声。为男孩的勇气鼓劲。这时，我看见男孩两手各拿一叠白纸

◎ 纺线的老人与孩子

片儿，一张张往下扔。下面，另外两位年轻导师手舞足蹈"演义"：种田，种树，狩猎，砍柴。这些生活动作，是生活原型的夸张，十分投入。男孩扔着纸片，如果哪一张被下面师傅接住了，就说明收获到了劳动果实。我看到那些纸片一张张飞旋而下，两位师傅，跳跃腾挪，身轻似猿，手快如摘仙桃，准确到手，还不时扮鬼脸逗人发笑，赢得乡亲的欢呼。

很显然，导师们老于此道，看来这个村寨所有的适龄男孩，都有过这样的度戒成人礼。两位导师"演义"的内容，除了日常劳动动作，也穿插与《十戒歌》内容相关的动作，从而以身体来体现一种解析。当两位导师结束表演时，男孩就准备从这三米云台上向后翻滚而下。这时，五位导师拉来了一张铺着棉被子的藤网，在后面做好了托接准备。

大家屏住呼吸，等待这激动人心的关键一跳。果然，男孩踌躇片刻，向后一退，从"云台"上翻滚而下，准确翻跳进了五位导师托接的硕大藤网里。人群里爆发出一阵欢呼。随后五位导师熟练地把男孩捂住，然后慢慢放在地上，旋即又慢慢打开。只见男孩双手抱膝，慢慢露出头来。这个下跳过程中就已经固定了的姿势，蕴含着非常丰富的人生内涵：表示再次从娘体里分娩。而婴儿在母亲的子宫内，就是这个姿势。现在，这个孩子长大成人，要感知这个世界，仿佛就是二次从母体诞生。男孩也从少不更事的混沌中成长为有理想的男人。这次出生，是新生，是面对成熟带来的许多人生的担当。从此就再也不能像小孩子一样生活了。所以，是第二次生活的开始，是真正意义上的男子汉的开始。必须重温母亲生育的苦辛。也让即将成为男子汉的心灵，有一种担负父辈重任的紧迫感和责任感。

导师们又唱起了《十戒歌》。大导师剥开一块芭蕉叶包的"花饭"喂给男孩。这"花饭"是用黄、黑羊耳枝和枫香树染就，红绿蓝紫是用红蓝枝加糯米稻草灰制成，代表人生的酸甜苦辣和喜怒哀乐，愿这男孩吃下并能感悟。今晚人们要为这个男孩庆祝他成为真正男子汉而载歌载舞。我看见场地墙边已挂着两扇猪肉和猪腿、两大缸米酒。人们将通宵达旦饮酒唱歌，表达他们对神灵的感恩。瑶家人认为：经过了"度戒"的男孩，在今后的生活中会得到神灵的保护，还可以担任寨子的公职，享有男人地位，也会受到同族姑娘的爱慕。

在瑶族"度戒"的整个过程中，自始至终贯穿本民族的传统道德和戒律的教诲，给即将走向社会的男孩灌输传统美德，使受戒男孩在人生的转折点接受一个来自祖先的传统教育。对于我们来说，这"度戒"仪式结束了，但对于男孩来说，人生之路则刚刚开始。他纯粹的祖德、成长的寄望、古老的秘示和原始的法度，全都蕴藏在了今天这个仪式的巨大"暗示"中了。这是上苍的希望、祖辈的承传，也是今天的父辈对他成才的希望。

一个"假借"古老神灵名义进行的精神导引活动，让我突然看见了民间人性向善的亮光。这个亮光，被一个叫瑶家寨子的老老少少颂于心、付诸行。如此看来，传统意义上的"德育"所奉行的准则，其实早就在民间以朴素的方式悄然进行了。这种独特值得感悟。因为它真实有效地约束人的行为，督导人弃恶向善，提升美好品德。想想那些正襟危坐台下听领导作冠冕堂皇的报告式的政治教育所起到的效果我就觉得可笑。而这种民间"宗法"式的教化，却简而不凡，十分有效又弥足珍贵。它在现世人心与道德普遍下滑的时代，有着另类意义的美好，也因此成为一个民族例行存在的经典高度。它是一个民族心灵发展的独特标志。这个标志的存在，让我看到了人与"神"沟通的重要。这不必大惊小怪，因为一切"准则"的奉行，最终都要回归人的内心。因为内心决定行为。不管你是否能够接受。这种古老仪式，起码改变了我对一些民间"宗法"的认知和理解，更让我对"敬天法祖"奉行的尊崇所产生的积极的社会效果，产生了深深的敬意。

第六章

独坐幽篁不发长啸

眼前这位汉子，
如果坚持给他钱，
就是说：
我们坐了你的车也不会领你的情，
因为我们付了费的。
有违人家的好意。
这汉子，
虽说满脸虬须眼睛斜睨，
内心却是善良。

回酒店简单洗了把脸，老驴就来了。三人聊了会儿，便起身去找饭馆。终于找到了一个，却停电。点蜡烛的感觉也不错。我点了几个菜：油炸金箭排骨、油煎细鳞鱼、清炒豌豆尖、牛肉炒金箭、清炒辣子菜心。老驴带来了哀牢山咸鸭蛋、啤酒。三人边喝边聊。很快吃完饭，走着回返。金一水酒店也停电了，服务员送来两根蜡烛。我们便在房间里点着蜡烛聊天。聊了一会儿，老驴告辞，他住在新城离他的房子不远的一个酒店，也离这儿不远。整个夜晚都在停电，晚上睡觉时我拉开了窗幔，让月光照进屋子。走了一天应该睡得沉，但躺下时却是难入睡，三次起来看月亮，脚上的水泡隐隐作痛。

凌晨又醒。床前明月光。房间里一切物件浸泡在明亮的月光里。窗外远山如黛，树影婆娑，街树浓重地一线排列，水墨一样透

◉ 掩映在山谷里的江城县整董镇曼滩傣族寨子

迤。透过月光，山根那边的鸡叫声此起彼伏。钟有鼻炎，不停哼哼，天快亮时他醒了，找手电想出去。我提醒他时间还早，莫急。

西部的天亮得晚，八点钟天才放亮。打车至奔牛街。司机们早早地又聚集一起。租车的客人几乎没有。为了能挣到高价，他们之间也达成协议：当客人比较少时，大家都说不去客人所要去的地儿，这样就造成了无车去那地儿的现状，使客人绝望，而客运站又无早班车去短途村寨（我去站里问了去整董或曼滩的车，最早的也只有中午的），无奈之下，客人就会妥协于司机要的高价。当然，这是一个关涉所有人的利益的小阴谋小圈套。

我们上了这个圈套。今天是一个小面包车，女司机，要价一百元，没有商量的余地。但她要去菜场拉些菜再接个人到中途的一个村寨。我们坐上车与她去菜场接人拉菜。菜是一堆猪脚、猪肉和蔬菜，这让我有些不高兴，车里有血腥味儿，不太吉利。但已经坐了，就不再说什么。钟趁这个时间去菜

063

场里面拍了几张照片。我心情不好，说了他两句。

车子开了，依然是七拐八拐的弯路，中途浓雾弥漫，车子恍如走在了水底下。女司机车开得十分小心，遇到了对面来的大车，就放缓了速度。若是早晨行车，可能很危险。太阳高挂山冈，雾依然浓得扑打车窗，一会儿就有水珠凝结，不得不用刮雨器清理。车进曼滩的那段路正在维修，路面上到处是掀起的柏油碎块，车得小心经过，否则颠得厉害。

十点钟到达曼滩，我去年来过。曼滩对我来说，是一个静美的人间仙境。它在一个深深的山谷里。下车。向寨子遥望，发现山根下的绿色田野里有一个神秘的东西活动，慢慢地。那是一个巨大的黑褐色东西。我用镜头拉近了些看，原来是水牛，正慢腾腾地吃草。水牛踩得整个大地的时光缓慢如同幻境。它一直和那些绿草在那里，像一只静泊绿色湖上的小船，不会有人去打扰它们。或许，这正是山里迷人的时光所在。再看远近景致，愈发让我感到曼妙得不可言状——纤细村路。古旧石桥。傣家木楼。山坡竹篁。芭蕉和凤尾竹。寨子里的大榕树……我和钟在小吃部买了两块面包，吃完进寨。走在熟悉的村寨。到大榕树下拍傣寨全景，上面是巨大的树枝，下面是黝黑的屋舍，很有意境。钟胡乱拍几张，心里全想着那些啁啾的鸟儿。我不管他，只顾自己拍风光。

中老8号界碑就在寨子的田野边，上坡的山就是寨子。这个界碑南北已然无法分清哪边是中国哪边是老挝了。说不定我们一会儿进入的竹林就是老挝的竹林呢？这个问号后来一直存在。向村寨的东边行走。忽见一块阔大的空地，空地里长满了青草。有一座小木房子伫立那里。小木房子里放置了一只硕大的木鼓。只有祭祀鼓神时才有人前来。我和钟在木房子外面隔窗子向里面看，除了大木鼓外，还有佛像一尊，香炉若干，都在供台上。平时有人打理，房子里干干净净。人们不能随意进入的。就连这一区域，也不能建房子，农家若是建房，需离此地远至几十米。因此这一区域就成了空旷之地。

下坡，突然又见到了去年在前街的傣族小女孩，去年她只有三岁。今年好像又高一些。小圆脸儿小嘴小眯眯眼儿，扎两个小辫儿，一笑一排小黑牙，粉嫩可爱。她正和比她大一岁的一个小女孩在路边玩。我突然发现自己的失误：没有把这个小女孩的照片给带来。当时不知道傣族小女孩就在曼滩，还以为她与母亲是赶集来的呢。她的母亲正在旁边的田地里支锅做饭，锅下面是烧得旺的木柴。一户人家正在盖房上梁。我问小女孩的母亲是谁家盖房，她说是她哥哥家。另外的小女孩肯定是她哥哥的孩子了。小女孩的母亲邀我和大家一起吃饭、喝酒，我说还有事情，拍完照片就走。我说去年遇到了她的女儿，就在前面的集市上，也拍了孩子的照片，可惜我事先没有计划来曼滩，照片没有带来。说出这话时，我顿觉自己有一种说不清的虚伪。人家能信你说的话吗？

⊙ 中老8号界碑，就在曼滩寨子的边上。但我们已分不清哪边是中国哪边是老挝

　　开始时两个小女孩有些拘谨地看着我，阳光照在她们毛茸茸的头发上，放出金色的光泽，测光正好，我蹲低了位置，用连拍又拍了小女孩好多张。照完相，就在寨子里拍民居。梨树簇拥屋舍，母鸡小鸡欢跑，一黄一黑两只小狗儿从身边跑过，只扭头看，不吠不叫。

　　钟在这些鳞次栉比的傣家木楼间窜来窜去，感叹这建筑的独特。走着走着，他决意要进一户人家的木楼看看。他是建筑工程师，很在意房屋的结构。一边游走一边自言自语说这木屋子在哪生火做饭？一位主人很热情，将我们领进了家。吊脚木屋石瓦屋顶，木栅门，木板楼梯，木板二层小屋。屋里摆沙发、电视机、被褥、桌椅之类。过窄通道，上了一个小露台。小露台

065

◎ 曼滩寨子里具有标志性的大榕树

露台不大，是一个方方正正的平台，有自来水和水池，洗衣洗菜淘米都在这个台子。一枝含苞待放的梨树从下生长，枝柯高过木楼露台。一位身穿傣族筒裙的中年女人抱着小孙子在剥豆荚。孩子害怕生人，躲在奶奶身后。我走在台子的边缘，看四周的房屋，所看到的，是黑色的屋顶和屋檐。这样的傣家屋子多年前就在西双版纳曼滩子见过。这么多年了，曼滩的农人除了屋里的物件改变之外，其它的没有改变，仍然保持着原生态的民族风格建筑，这让我欣喜。钟用小相机不停地拍，这对他的建筑学有用。

我给这祖孙俩拍了几张照片。告别这户人家，继续在寨子里面转悠。转眼临近中午，天气热了起来。早晨因为天冷穿得多，衬裤如同长在腿上的皮一样捂得浑身是汗。我对钟说，尽快找一个无人的树林脱下衬裤。忽想到东边村子边上的土路往东有片竹林（去年一副墨镜就是在这条土路上丢失的），那条往东走的土路两边，有竹篱笆夹成的小路，顺小路向山里走，进入一片茂密而粗壮的毛竹林。一个幽静得不能再幽静的地方。二人遂到竹林换了衬裤，真是凉爽。走路顿时轻盈了许多。

竹林的竹子高大、茂密，沿被杂草淹没的山道上坡，再往上走，忽听钟惊呼一声。我抬头，透过竹子，猛见十几米开外的坡上，生着两棵高大榕树，不声不响耸立竹林之中，好似两员老将，周围十万兵卒，孔武、肃穆、严峻，一言不发，不怒自威，居高临下。这大树少说也几百年了。竹林里的小鸟儿成群，鸣声动听，宛如仙子轻唱。钟按捺不住，在这附近拍起鸟来。我坐在离大榕树不远的山坡，享受这幽静的竹林。想起了王维的《竹里馆》。于是就独坐距大榕树不远的坡上。坐累了索性躺下。面前是葳蕤的草丛、灌木叶、竹叶、大榕树叶。朦胧中一个句子冲荡而出："我站着，竹子比我高大。我坐着，灌木比我高大。我躺下，花草和竹笋比我高大。"我没有王维的潇洒，不发长啸，只能轻吟。尔后，我睡着了，感觉自己变成了一株草木，将根深扎泥土里，那纤细的根蔓延，与泥土搅在了一起，与时光的厚层搅在了一起……又突然想起了海子的诗《活在这珍贵的人间》的句子："活在这珍贵的人间，人类和植物一样幸福，爱情和雨水一样幸福。"海子不是孤独的。他孤独于人群，并不孤独于草木；他孤独于俗世，并不孤独于大地；他孤独于现实，并不孤独于梦想。

　　时间到了，下面传来钟的脚步。他高兴，终于拍到了新品种鸟儿。事实上，我是真舍不得从这个竹林出来，在这里完全可以待上一天。探探这座山的究竟。从曼滩出来，在集市等车去整董。这个小小的集市上，只有一个小菜摊子。新鲜的蔬菜在大榕树的木架子上放着，却无货主。也无人来买这些蔬菜。不远处，有一家人正在街边炒菜；另一边，一位母亲正在为女儿洗头，很是温馨。半小时后搭上一辆小面包车到路口。从路口得走两公里才到整董镇。还是无车。四周是大片香蕉林。今年大旱，香蕉的底叶大多焦枯，也不知蕉农的收成怎样。我走着，脚趾的水泡被鞋挤得疼痛，脱下鞋子一看，先前的小泡变大，吓人。再次放松鞋带，这鞋完全变成了趿拉着走路的拖鞋了。

　　正当与钟走得乏时，来了一辆小面包车，坐到整董。整董镇这天是集，可惜快散尽了，只剩下几个摊位还在那里，傣族"赶街"从清晨开始，到了午后街上的人明显减少了许多。住得较远的农人早早完成买卖后，就踏上了归家的路途，剩下来的人是没有卖尽货物的，总不能再将货物再带回去吧？特别是那些水果或者食物等。

　　街上少人不免有些失望。摊主也是无精打采。我不知道在这个镇子上能不能遇到玉凤、玉尖丙姐妹或者玉波。她们都是大青树村的人。也是那次参加傣族祈福节少有的几个高个儿年轻姑娘。在街上走了一个来回也没见这三个熟悉的身影。我对钟说，不必在这里待了，还是去大青树村找她们吧。我的包里还揣着给玉凤、玉尖丙姐妹拍的照片。

◉ 整董乡大青树寨子的
玉凤一家和乡亲

◉ "祈福"的傣族寨民

　　整董、曼滩和大青树寨子都是典型的傣族村寨。除了整董镇有一些楼房外，曼滩和大青树都还保持着傣族建筑风格。我截了一辆小面包车，司机是个小伙子，一张口：十元！我明知路很近，这钱要多了，但也不说什么。"好，给你十元。"小伙子高兴，一个蹦高儿跳入驾驶室，抄近路直奔大青树村，几分钟就到了大青树。我对小伙子说："你这车，和北京的出租车一个价！"小伙子不以为然，说等你们。我说："我们可能时间长，别误了你的生意。"小伙子说："没关系，在路边等你们。"我问："那你还要钱吗？"小伙子说："还是十元，回整董。"我说："那你回吧。我们今晚住大青树了。"小伙子仍抱希望挣我们的钱，就给我留了他的手机，要我致电给他。

　　进大青树村口，见一群妇女倚坐在一个吊脚楼下聊天。其中的一个姑娘冲着我笑。我看出来是去年参加祈福的一个姑娘，不知她叫什么名字，比玉凤姐妹矮些。合影的照片里有她，我给了她一张，周围的女人围上来看照片，嘻嘻哈哈的。我问姑娘玉凤、玉尖丙姐妹和玉波在不在。她说"在呢在呢，玉波在那个小卖店，玉凤、玉尖丙姐妹俩在家。"一个小伙子自告奋勇领我们去，小伙子一溜儿小跑将我们领到玉凤、玉尖丙家。

玉凤、玉尖丙两姐妹身材很好，个子都在1.75米左右，丰满匀称，是标准的模特，玉凤、玉尖丙两姐妹有一个爱笑，没说话就先笑了。去年祈福节时见到她们两姐妹，泼水时见我拿着相机，我让她别泼我，怕把相机弄湿了。她们就没泼，还告诉玉波和一些姐妹不要泼拿相机的人。我一见玉凤姐妹就觉得她们有英国人的血统。云南许多地方都有基督教堂，难免会有传教士的后裔。从玉凤、玉尖丙高大母亲的照片上看，绝对有这种可能：高高的鼻子、柳竖的眉毛、深陷的眼眶、大大的眼睛、瘦削的脸颊，年轻时绝对是个美人儿。当然，这是我的猜测，也从无问起。但我始终不能区分谁是玉凤，谁是玉尖丙。

走到吊脚楼下，我喊了两声：

"玉尖丙！玉凤！"

木板露台一阵脚步响，传出了一个女子的声音："黄师傅，你来了啊。"

我说："玉凤，还是玉尖丙？"

她哈哈一笑："我是玉尖丙呀，玉凤是我姐姐。"

这下有区别了。玉尖丙爱笑，平常说话也笑，玉凤更矜持些。这时玉尖丙朝屋子里喊了声："姐，黄师傅来了。"说完玉尖丙就急速下楼迎我们。没见到她们高大的母亲，还有楼下的大黄狗儿。我问玉尖丙："妈妈呢？大黄狗儿呢？"她说妈妈到香蕉地里干活了，大黄狗儿不知跑哪儿玩了。上楼，玉凤正在洗衣服，站起来说："黄师傅，你这是从哪里来啊。"我说从北京到昆明从昆明到普洱从普洱到江城从江城到整董从整董到这里。

"这么远呀。"玉凤说。玉尖丙抹了下沾在前额上的一缕汗湿头发说："没想到黄师傅你还能来我们这里呀。"我哈哈一笑，拿出照片，这叠照片里，玉尖丙的最多。

玉凤过来看照片，这里只有她一张，是全家还有村里几个参加祈福节的女人一起的合照，玉凤有些伤感，说她那天光忙着给大家倒茶水了，照片不多，倒是妹妹照得多。玉凤说摄影家吴世平也来过，是去年秋天来的，给送照片。

我说吴老师照的一定比我好。我对玉凤说现在给你多照些吧。她说不了，现在干活身上汗湿，下次泼水节吧。你能来吗？我说随时来。玉凤转身进屋拿出苹果，给我和钟沏了一杯茶。我们边喝茶边聊天。我了解到，玉尖丙结婚早，嫁本村的，生了两个女儿。大女儿十六岁了，现在上了初三，个子和她一样高；小女儿十二岁。姐姐玉凤几年前在江城打工，认识了一个广东人，就与广东人结了婚，育一女，也十二岁，现在上小学。玉凤男人回了广东，现在两地生活，女儿完全在云南长大，一次去奶奶家过年，听不懂广东话，只能听懂"吃饭"一句。说话间玉尖丙不停呵斥里屋两个孩子不要看电视，要做作业。女儿很调皮，哼哼两声又继续看电视。玉凤说现下她们家种植香蕉，这几年销路不太好，有时还亏本。农民干什么都难哪。她叹息。

我们坐了半个小时。起身告辞。下楼时遇见她家的大黄狗，吼了两声。我说："不认识我了，我是黄师傅啊。"大黄狗便不吭声走到一边趴下了，但眼睛还时不时地翻瞪着我。

从大青树村出来来到公路上，没有客车经过，只好和钟向前走。村口距公路几米外有棵大榕树，树冠茂密，像一个百年老人，形影孤单地等候什么。再行几步，又见一棵被锯断了的大榕树横卧路边，树皮灰暗，看锯断的剖面，呈暗色，估计被斫伐一段时日了，如一具远古时期恐龙的遗骸，向人诉说那灾难的一刻。我猜想，这株大榕树，定然是生错了地方，拓宽路面以它的死为代价，着实的可惜。看着这树的遗骸，心里不免有些酸楚。大自然，不论是百年、千年，还是几千年，总是在"人类中心主义"这一邪恶理念下被掠夺、摧残。而人类最后换来的，是大自然的报复。

继续前走，几辆小车呼啸而过，招手不停。看来又得走回整董镇了。

和钟拉开几十米距离，我在前，他在后。走了一会儿，有一辆车经过，钟招手，司机不理不睬继续向前开。开到我身边时，我招了下手，喊："老乡，去整董！"那车慢了下来，晃晃荡荡向前滑行了十几米，终于停了下来。我赶紧招呼钟快点儿跟上来。那司机拉开了车窗，说他不是拉客的，又问我到哪里。我说去整董，请你拉我们去吧。司机上下打量了我一番，说上车吧。我打开副驾的车门坐了进去，钟坐后座。

这才看清司机是一个面相黝黑胡须虬生的汉子，穿着军队的迷彩服，一

◉ 参加"祈福"的玉尖丙回到了寨子

只眼睛有点斜,但是笑容和蔼。我判断这人一定是个退伍军人,或许他的眼睛
是在部队训练时受的伤,从他的神情看绝对是。我不便问他是不是退伍兵。

"多少钱?"我出口的是这么一句。

"不要钱。"他说。

"那怎么行?"我说。

"顺路。"他说。

然后汉子一言不发开车。钟在后面不停地说给钱给钱,我向后摆了下手
让他不要说话。我也不再说什么。因为在云南,老百姓都十分真诚,有时中
午或者晚上吃饭时间,路过少数民族的村寨,许多人都会问吃饭了没有。如
果你没吃饭,他们会邀请你到家里吃饭。我在云南行走了十多年,遇到许多
这样的事。他们不要钱时,如果你坚持付费,就是对他们的不敬,甚至是瞧
不起他们,他们会生气。眼前这位汉子,如果坚持给他钱,就是说:我们坐
了你的车也不会领你的情,因为我们付了费的。有违人家的好意。这汉子,
虽说满脸虬须眼睛斜睨,内心却是善良。

我问他做什么生意,家在哪里。他说他是曲靖人,在江城上班,这次是

到这里来办点事。我说曲靖那边路过，但没去过，又问他家人是不是还在曲靖。他说老婆孩子父母亲还在曲靖，他独自一人在江城。看得出来，司机还是愿意与我聊天的。

聊着。整董镇到了。我们下车，向司机道谢。攀坡而上，坡上就是整董。上了坡后回望，钟忽然说，瞧啊那边也有条路，那司机拐上那边的路。人家是特意把我们送到了整董！我内心很感动，这位不知道姓名的司机，真是个好人。也没问问他是不是退伍军人，但感觉上一定是的。内心有点儿遗憾。但转念一想，是不是退伍军人也不一定，好心人不是以什么样的职业来界定的。再说，人家的车在路上跑，忽然路上有两个内地来的高大家伙招手要坐车，还肩扛着"大炮"，万一是歹人怎么办，谁敢拉？

这样想着便到了镇广场，广场里边就是整董标志性的大榕树群，去年在这里举行了祈福盛会。我让钟到大榕树下歇脚，我去前面看有没有去江城的车子。这其实是个妄想，因为去江城的车肯定是在曼滩与整董的路口处才会有。这里的车要去的话，价钱会高得离谱。果然，我问了几个在那儿停的车，都说太远不去，要去也行二百元不讲价。

看时间尚早，也让钟看看整董的大榕树。估计再有两个小时才能走。就在一个水果车买了一大包刚刚摘下的柑子，农人让我尝尝，有些酸。一称七斤，一块五一斤，我给他十一元，让他不要找零了，那农人坚持从车上抓了两个柑子塞进袋子。拎着这重重的柑子回到大榕树下，坐在地上和钟大吃起来，竟一下子吃了好多。吃罢柑子，嘴里生津。起来拍大榕树，让钟当参照物，以衬托大榕树的壮硕。但大榕树旁的几个灯杆影响了大树的自然美观。整董的大榕树群是标志性景点，上过了无数画册，许多摄影师拍过，再拍也是难出新

◎ 傣族老旧的木楼

意。除非有傣族祈福节，或许能拍到精彩的祈福场景。人与自然的搭配，须是在默契中形成的。

回到广场蓄水池边，钟去找车，问了当地人都说无车。只好徒步返回曼滩、普洱和江城的三岔路口等过路车。钟执意走一段，于是从整董镇出发往回走那片香蕉林路。二点五公里。到了路口，两人都大汗淋漓，这二月天如此之热，夏天不知会热成什么样子。三十分钟后，远远地见一辆中巴车来，是墨江至江城的车。上车。司机是个年轻小伙子，说："一人二十元，两人四十元。"我心想，还是不多的。车里还有一个女孩，坐在副座，加我们俩，三个乘客。女孩与司机有说有笑，看来是常坐这趟车的。车里的座位被阳光晒得炙热，坐下更加发热。

这时车子突然发出轰轰声，一下子抛锚了。小伙子说可能是油路堵了顶不上气儿。修一会儿，发动机突突响了起来，车行缓慢，行了二百余米，又熄火停下。小伙子掀开车子内箱修油路，再开，连续折腾了好几次，走走停停，极其缓慢。钟和我都有些急。今晚能否早些赶回啊。小伙子很自信，说能修好。干脆跳下车钻到了车子下面大修起来。我下车站在路边拍很远山谷里的小房子，那小房子孤独地隐在绿树丛里，不细看，还以为岩石。大概二十分钟，小伙子从车下钻出来，一挥手说："这次不会再坏了！"车开动，一路慢行。老驴打电话来，问我们何时到。我说大概七点左右。他说找了一家饭店，晚上吃炖土鸡。

到江城已是黄昏。打车到新城区，老驴已在饭店，竹桌上摆好了茶和瓜子。老驴对店老板说上菜。一会儿菜全部上齐：土鸡汤锅、凉拌水香菜、素炒豆腐、青椒小炒肉、辣子茼蒿、啤酒。特别是一大锅热乎乎的土鸡汤喝得全身热乎！这家饭店的小伙子听说我们要去十层大山，主动说他岳父老马能去，车是皮卡车，适合上山。老驴就给老马打电话。那边狮子大开口要六百元，原因是江城到曲水乡的路难走，走龙富口岸也不好走。老驴不会砍价。我抢过电话说，我们不走曲水那条路，直接去十层大山一定有近路，因为在地图上所标示的公里很清楚，有两个小时足够到达，我们去曼滩和勐康也没有你这个价啊，而且龙富那边我们不一定要去，也就是中越边境的一个小小的贸易站。我这一咋呼，还真的把他给镇住了。经过讨价还价，最后三百六十元敲定包车。我让他明天早上七点三十分到金一水酒店门口见。问他是不是在外面喝酒？提醒千万不能喝高了，否则明天早上起不来。

第七章

土卡河寨，边境最低点

这是我第一次在一个陌生的边境线上雨中小睡。

总有一种古代诗人独行至此的穿越时光感。

也许，

梦境和难得一见的风光，

才是抵挡残破现实最有效的自我理疗办法。

　　整个夜晚，我还是在犹豫到底去不去土卡河。如果去，最好能在土卡河小寨子住上一晚。但土卡河没有农家乐可住，贸然住农家，谁能收留我们？返回曲水乡住，也没有来往的车辆。在这样的一个边陲之地，对于赶时间的驴子来说，车子就显得至关重要。钟是个敢冒险天不怕地不怕的人，他想要去一趟这个边境上的小寨子，也希望能在小寨子里住，但他这样说，是因为不了解曲水乡离土卡河山路遥远难行，奔到那里需要大半天，而且一天时间绝对不够。如此就会打乱了他去西双版纳的计划，时间上根本不允许。

　　土卡河在江城来说，可以说是一个难得一见的边境风情小寨。我去年参加普洱茶节随摄影家们去过，是一个被亚热带森林包裹着的小寨子。我在《炎黄地理》发了一篇游记，原是要加图片的，后来因为那天下雨，所拍照片效果不好，只能当作散文发出来了。现

⊙ 李仙江风光

在回忆起来，依然充满着无限的情趣。

土卡河，是云南普洱江城李仙江下游中越边境上一个美丽幽静的傣族小村寨，也是李仙江在土卡河流域一段江流。离"一眼望三国"的十层大山相隔咫尺，在地图上则是紧紧挨着，同属于曲水乡管辖。这个小村寨，位于海拔317米的河谷地带，是普洱地区海拔最低点的一个小村寨。土卡河，汉语很容易念成了"土坷垃河"。这样一个土得掉碴儿的名字，为何能让我躁动的心沉静下来，且能让我一下子就喜欢上了它？

水流平缓的土卡河江水，从江城县曲水乡整康坝子流来，经南向北汇入李仙江。李仙江发源于无量山，上游由把边江与阿墨江汇合而成，进入越南称黑水河，全长431公里。土卡河寨子正好处在汇入点三面临水处，雨量丰沛，水源丰富，热带雨林繁茂。但寨子四周耕地很少，"山中打鱼"也就成了这个寨子的主要谋生手段。李仙江土卡河段的江水和村子有着地理上的双

⊙ 李仙江盛产的大面瓜鱼

重意味，既是靠山吃山的小山村，又是靠水吃水的"小渔村"。

那天，我们进入土卡河寨子时已近中午。钻出车子，就见一个个吊脚木屋从绿树丛中探出檐顶来。三两只小黄狗小黑狗摇着尾巴跑来跑去，偶尔吠叫几声，声音清脆稚嫩；几只大珍珠鸡领着小鸡雏在草丛里钻来钻去觅食。孩子们追逐打闹。几位老人有的在屋檐下织渔网，有的背着孩子闲聊。郑立学老师把我们向乡亲们作了介绍。在一棵小叶榕树下，有几个年轻女子围着桌子在打扑克牌，一个背着孩子站着，另外三个坐着，战斗正酣，也顾不上抬头看我们。那几个正在打牌的年轻女子有两个好像还挺时髦，穿着七分裤，短袖衫也是印有现代的卡通图案。我看了一会儿，感觉挺有意思。这时天空飘下了几粒零星的小雨点儿。我看看天，感觉要下大雨的样子，便从车里拿了把伞，然后快步向河滩那边

⊙ 造好的猪槽船

跑去。我大步流星冲向河滩，正巧迎面遇上了一个抱着大鱼急急回寨的小伙子。小伙子怀里抱的一条二尺长、足有十来斤重的大鱼吸引了我。我叫住小伙子，问这是什么鱼。小伙子告诉我，这鱼是李仙江独有的一种鱼，叫面瓜鱼。这是我第一次见到面瓜鱼，也是边境江水里的稀少鱼种，是李仙江的独有特产。李仙江的鱼类品种繁多，有弯丝鱼、面瓜鱼、长胡子鱼等，寨子里的青壮男人天天以江为伴，撑猪槽船，撒网捕鱼、钓鱼。我让小伙子把大面瓜鱼高高举起，手里的相机不停按动快门。几位同伴见状也跑过来拍照。

一会儿，大家陆续来到河滩上。回望小村寨，这才看清：小村寨就坐落在河岸的山坡上，那些木吊脚楼被蓊蓊郁郁的树丛围裹、环拥。不细看，根本看不见绿树丛中大芭蕉叶子遮挡住的木屋和竹楼。几个傣家女孩子穿着色彩鲜艳的傣族服装也来到了江边，我给她们一一拍照。彩色服饰。靓丽女孩。浓绿山林。大芭蕉叶子。布满大大小小卵石的河滩。碧绿的江水。构成了一幅绚美的图景……真美！我叹道。

这时河滩上热火朝天的劳动场面震撼了我。寨子里几个青壮汉子正挥舞大板斧造独木船。这种独木船是由一株大树凿成，人们又把它叫做猪槽船。船体多用黄娘木制成，小巧耐用。但这种木船只能载两人，两人轮流撑船。摆渡中船的缝隙会有小股水流入，船工划上一段，便得用竹筒一勺勺将水舀出。船用得久了，厚重不怕水浸的黄娘木就会胀紧弥合缝隙，更加耐用。一位连腮胡子的傣家汉子很有男人味儿，胸肌宽大、结实，满身黑红，让他成为一群造船汉子的主角；另外几个造船的汉子，也是个个肌腱壮硕，纹理凸显，汗光闪烁，很有一群"开天辟地"男人味儿。我迷醉于这样的劳动场面，更被他们健美的身姿吸引。汉子们挥舞大板斧，一下一下砍凿厚厚的木板，像雕凿工艺的雏形。我转换角度不停拍照。一位老妈妈和一位小姑娘背着竹篓在拾掇凿劈下来的木屑，一会儿就拾了满满一筐，将背带顶挂在额头，背回家当柴烧。老妈妈是在场的那位有着连腮胡须造船汉子的母亲，小姑娘是那汉子的女儿。还有一位造船汉子是连腮胡的弟弟，另几位是他们的帮工。我给这一家人拍了张合影照。一位云南友人说：造船的主人家今天杀了一口大肥猪，全寨子晚上都来吃饭，而且要通宵达旦喝酒、唱歌、跳舞。今晚如果我们留在这里最好了，就能和寨子里的人一起欢乐。

唱歌跳舞喝酒庆祝是傣家人的习惯。谁家有大事小情的，全寨子的人都要来帮忙，然后一起喝酒吃肉联欢。事实上，我非常渴望能有这样在边境小寨子待上一晚的机会，不仅能感受一下风雨小寨子晚上的幽静，也能感受到内地人来到这个"边缘"地带的滋味儿。但按着摄影组事先的拍摄计划，这种想法不大可能，也只好遗憾作罢。此时，大家不停转换角度拍照"造木船"的场景，趴着的、卧着的、蹲着的，争先恐后拍个够。

这时，那位傣家连腮胡汉子停下手中的活计，抬头看了看天，笑着对我们说：要下雨喽，歇工喽。话音刚落不一会儿，天上乌云翻滚，雨点儿真的噼噼啪啪落了下来，砸在河滩上。旋即雨由小变大下了起来，所有的人急忙向村寨跑去。

我兴致未减，望着河滩上溅起的雨雾，心想：要能找个避雨地方，在这里听雨看山景也是不错的呀。这样想着，抬眼向四周环顾，见那边不远处，还真有一顶用塑料布支起的小小的蓝色帐篷，便撒腿就向那边奔去。来到帐篷前，见里面的滩石干干的，真是一个不错的避雨地方。于是毫不犹豫钻了进去，却是吓了一跳：原来老驴早就在里面了，正笑眯眯地望着我。我说你倒是比我先到啊。看来，这地方不错，让老驴也看中了。我把摄影包垫在头下躺下来。小帐篷只能容下大半个身子，脚还露在外面。这才想起摄影包里还有把雨伞。把伞撑开，罩在脚上，正好能遮住双脚。

雨在下。难得的静。我和老驴谁也不说话，枕着摄影包直想睡去。内心却要分出一部分，给篷子外的雨。这难得的听雨看雨品雨中的好地方。雨点儿敲在头上的帐篷上，发出嘭嘭的弹跳声。四周溅起的湿漉漉山川草泽气息，飘进鼻孔，竟那般醉人。这种感受在都市根本就不会有。那满滩弥荡的雨雾，那满山摇曳的竹子和树，牵着我的思绪在山谷里在绿意盈盈的河滩上飞翔。那情境如此清纯、美好，令人顿生一种怀旧心情。远处的山峦，有一缕白云萦绕，清澈、通透；近处的河面，飘然而起的浓淡雾气将滩岸上的青草氤氲罩住，也把四周所有的绿全都融在了一起。

躺在江边，任清凉的风吹进帐篷，抚摸脸颊和身子，任一些雨从旁边飞进篷内溅在身上。我只需闭上眼，聆听潇潇清雨，把滩岸上大大小小卵石敲成轻柔缓急的弦乐。哦，刚才还在鸣唱的那些鸟儿，一定隐藏在森林或在大树阔大的叶子下。我听见风吹树梢雨打青竹，一些竹笋在泥土里拔节，草儿与雨滴相触的嚓嚓声，混杂成合奏。我甚至听见了土里的小虫子叽喂着，商

⊙ 织渔网的老人

⊙ 造船的汉子

议要到另一处肥美的草下筑房子的事情……

　　这时，不远处的水面上漂来了一只猪槽船。船靠岸，最先跳下来的，是一只小黄狗儿，继而从船上下来一对渔家父子。他们肩扛着竹筐上岸，不知里面装着什么东西，大概是打鱼归来吧？雨中他们不紧不慢地走着。也许这样的雨天，对他们来说是常态。我把目光收回，再望河面，河面上有几只白鸟儿飞起飞落，一会儿便消失在对岸的森林里。偶尔几声薄脆的鸣啼，从远近山谷的深绿树影里尖锐地传来，像平静的幽潭蓦然投入一枚小石子，那迸起的涟漪，荡起了记忆中无尽的怀想……

　　雨缠绵，雨淅沥。时间不知过去了多久，我似乎睡着了。这是我第一次在一个陌生的边境线上雨中小睡。有一种古代诗人独行至此的穿越时光感。也许，梦境和难得一见的风光，才是抵挡残破现实最有效的自我理疗办法。人生能有几次这般的光景啊。恍惚间，雨好像小了一些。有一个轻轻的呼唤声传了进来。一个年轻的身影站在帐篷前。是刚才那个抱大面瓜鱼的男孩，手里撑把伞，来叫我们回去吃饭了。

　　我和老驴恋恋不舍地和男孩一起回到村寨。村寨里没有"农家乐"，午饭安排在村长家，一些乡亲来帮忙做饭菜。其实在我们来时乡亲们已经开始准备饭菜了。喷香的菜肴早已摆上竹桌，大家正吃得满头大汗！主人忙碌着添菜上菜。山上的、江里的，清一色特色菜：盐水清煮芭蕉花芯、酸笋面瓜鱼配野生香八角蘸水、剁椒碎牛肉、山菇煮鸡块、烫煮象耳树叶、凉拌木瓜丝、还有一些叫不上名儿的菜，喝着自酿的米酒，还有满满几大甄米饭……吃着傣家酸辣特色菜，大口喝着米酒，大快朵颐！我一边吃一边想：假如能在这里生活一段日子，与乡亲们一块儿撑船江上、打鱼浪中，该有多好。也会体验到"雨中山果落，灯下草虫鸣"的意境。若是有明月的夜晚，这边境江流更富有诗意。哦，这边境线上静谧的小寨子呀，这被芭蕉林古榕树长剑麻毛竹丛大芒果树拥抱的小小的傣家寨子，其乐如此融融，其情如此温馨。但这样的想法绝对不是现实的，在一边境的小寨子里打鱼浪中，采药山林，我能做到吗？

透过嫩绿的树叶，一丝阳光洒了进来。天晴了。这时大家也都吃完饭，来到河边。寨子里已有几位艄公汉子等在了那里。因为人多，所以不能坐仅有的、且容纳人数少的几只猪槽船。船是铁皮机动船。上船后，船工开动马达，从土卡河进入李仙江，沿江下行向越南方向行进。江水时而波澜不惊清幽平静，时而浪花湍急跌宕起伏。小船随江流辗转崇山峻岭之间。在沿江两岸接近沙床处，时而怪石嶙峋莘草丛生，时而峭壁峥嵘森林茂密，时而奇洞瀑布蔓藤垂拂。那些绿，似化不开的浓墨重彩，一路涂抹着起起伏伏粗粗细细的线条。

我不停拍照，偶尔有渔人的竹棚、停泊的船只和晾在岸畔的渔网闯入镜头；偶尔有高大粗壮的古树、密密麻麻的泡竹和吊竹林、鳞次栉比的芭蕉林，以及众多叫不出名的树木挡住了景深；偶尔又有倒伏的大树伸进水里，在水面形成了一道道斑驳的光影，十分有趣。船至急流处，船工便放慢速度小心通过。每每这时，溅起的浪花便擦着脸颊飞掠而过，我只好低下头护住相机，躲闪不及就会将身子和相机弄湿，但很刺激！

船至八公里处，便是中越边境，再向前延伸两公里至界江的公共航道，船靠岸，大家上岸。山坡上有界碑。我远远望着，并未上前拍照。这界碑，还是以目光来眺望它吧。再上船回返一段上岸，登上一处幽静的山坡，船工让大家看看一清一黄两种颜色的江水，两种颜色的江水好似分界线，分开了中国和越南。这是自然生成的"国界"，真是这样的。很奇怪不知是何缘故，那肯定是一个非常有趣的地理现象。天色又暗了下来，我们看了一会儿，上船返回了土卡河寨子。回到了土卡河小村寨子，我左顾右盼，到处是原汁原味儿质朴的

到一朵云上
找
一座山

⊙ 与越南接壤处的李仙江一清一浊

生活场景。这时大家都已上车，时间紧迫，我只好放弃多拍几张路边山坡的大龙脑香树等几株高大树木的想法，赶紧上车，免得再遇大雨路不好走。

车子开动了，回望渐隐渐没在山谷和绿树丛中的土卡河小寨子，内心却有种隐忧。因为我听见同行的一位云南摄影家说，国内的某大型水电公司要在李仙江的上游修建多个水电站，在施工过程中，自然生态环境肯定会受到影响，自然物种肯定遭到重创，甚至会永久毁灭。如此，我实在难以想象，或者不知道今后这个小村寨能否还会像现在，能将纯净的自然生态继续保持下去。这位云南摄影家在说李仙江建坝时，带着明显的愤怒情绪，他是我迄今为止遇到的一位真正关心自然环境的云南本土摄影家。先前有关云南人不闻不问不关心自己家园遭破坏的疑问，这时得到了回应。但愿云南多一些像这位摄影家一样的本土的人。

第八章

一脚踏三国

我击掌叫绝，
人类之大同模式看来要学学这里，
无战争之虞，
无地盘之争，
无国界之分。
无论哪国人，
都是一家。

钟起了个大早。估计到客运站买票去了。他说一直向往着西双版纳，多次从画册和摄影刊物上看到傣家女孩的美妙身影，傣族女孩河边沐浴的美妙情境。还有《月光下的凤尾竹》唱的美境、小卜哨（小姑娘）和毛得力（小伙子）的爱情。

钟有他天真的一面。他所喜欢的，一定是纯净、无所污染的，就像他镜头里的小鸟一样。昨晚吃饭时，他不停问老驴西双版纳什么地方最值得去。我说你自己体验，体验好的就是最值得去的。老驴很耐心，"去勐腊望天树吧。那里的树高得在上面绑了吊桥。人走桥上，如同太空漫步。""有美女吗？"钟一本正经地问。"有，傣家女孩长得漂亮，你这去了还不得让人抢啊。"我讥讽他。

钟是客家人，人过了四十还脸膛周正，面滑如石，像小伙子

⊙ 三国界碑：中国、老挝、越南。这种三棱形的界碑极为罕见

一样。

　　"有美女才有境界，才有档次。"钟决意要走，就是按着老驴为他设计的路线，似乎一刻也不想留江城。晚上做梦也肯定有傣家女孩曼妙婷婷的身影，不然何以这么早起？一会儿又回来了。我看了下手机不到七点。起来收拾相机包，带背包和衣服、昨晚买的几瓶矿泉水、一些柑子和饼干等。钟在床边坐一会儿，复又下楼，说在楼下等我。

　　我准时下楼。楼前楼内却不见钟。心里着急，这家伙又忘了我的约法三章。那个叫老马的也没到。钟有老马的电话。于是我发信息给钟让他快回。钟回来了，一见他我就发了脾气："老兄，你知道何谓恪守时间吗？这一会儿你也要疯一下，如果人家来车了咋办呢？"钟说："他不是还没来吗？"我说："他来没来那是他的问题，不守时间的人我最难以忍受！赶快给那个家伙打电话，他再不来就不用他了！"

083

⊙ 路边的桫椤树

　　钟见我生气，赶紧打电话质问那人："你能不能来！"那边直抱歉说马上到。搁下电话后那个叫老马的开着皮卡车到了，一个光脑袋贼头贼脑的家伙。我看表马上八点钟了。上了副驾驶座，细看光头马，一副猥琐样，对他顿时没有好感。我生气地对光头马说："你误了二十多分钟。"光头马说我刚回家一会儿。我吃惊地说你还真的是在外面住的？他点头。我不再说什么，但我判断这家伙是酗酒徒。我们咋雇这种人啊。事已至此，也就不再说什么。光头马说他一会儿把车停在家门口，他的小女儿要去十层大山，一直没去过。我看看后座还能坐一人。光头马虽然长得贼头贼脑的，但疼女儿还是让我感动。车停在他家门口，就是昨晚在这里吃饭的饭庄。光头马朝店里大喊了一声，他女儿背着小包跑了出来。一个梳着短发，身着黄色运动服、下穿七分牛仔裤、脚穿着旅行鞋的学生模样的女孩跑了出来。光头马示意女儿坐后面座。女孩上车。我问她没去过十层大山吗，女孩回答说没去过，也没上过"一眼望三国"的山。

车子开动，直奔十层大山。

从梁子田进入，柏油路变成了"弹石路"。路面粗糙，石块突起，宛如盔甲，车行驶在路上，像摇摆的小船。2001年我在怒江大峡谷就曾走过这样的路，那里的"弹石路"还是当年抗战时修的。今天走这样的路，一下子让我想起了怒江峡谷和高黎贡山的滇缅公路。皮卡车从一层大山开始进入，然后一层一层呈螺旋梯次进入，一层比一层高，到了第十层，就是螺的最顶端了。眼前山套山，山环山，山挽山，共十层。这十层大山的外围仍然有山。如此，车子左环右盘，像钻进米袋里的虫子，愈钻愈深。

路难走，雾气弥漫，草色融入朦胧。

所有的灌木、竹子和高大的树，都被雾气笼罩。只有眼前的路能够看清，若想拍远处的山，是妄想了。边缘没有护栏，只有防止牛羊跌入深谷的木桩子，木桩与木桩之间，以粗竹绑缚，形成一道竹篾子的护栏。车子在这样的路上走，有一定的危险。光头马说这座山每年都出事故。来的人少，基本上没有人来。除了当地的牧人或樵夫。现在是九点多，这雾仍没有散尽的迹象。山的西面属阴面，虽难走，却是湿润。

往里走，进四层山、五层山和六层山，路边不远便出现了硕大的桫椤树。桫椤树是至今为数不多的远古孑遗植物。桫椤又名树蕨、蕨树，叶呈羽状对生，是白垩纪时期遗留下来的珍贵树种，也是现今仅存的木本蕨类植物。桫椤的出现距今约三亿多年，比恐龙的出现还早一亿五千多万年，是研究植物形成、植物地理及地球历史变迁的见证，具有重要的保护价值和科学研究价值。有"活化石"之称的桫椤树，被列为国家一类保护植物。有桫椤树的山，说明原生态保护得好，横断山脉的高黎贡山此种植物较多。

我见到桫椤树很兴奋。要光头马停车拍照，也为他女儿照了几张。我让光头马开慢些，一是安全，二是可以随时抓拍一些高大的植物。钟对树上不停啁啾的鸟儿感兴趣，由于雾气弥漫，能见度差，加之他行动迟缓，没等他的"大炮"伸出车窗外，鸟儿就飞走了。走走停停，光头马听从我的指挥。车进入七层山时，山路变陡，弹石路不见了，取而代之的是红土路，路窄如线，曲曲折折。我让光头马车子开慢，不能大意，光头马小心谨慎不敢开快，晃晃悠悠，尽量贴着山体开，怕外围的土质松动。很好。我夸他。

转弯过坡，螺旋而上。蓦然，前面拐弯处，一个女孩站在那里，向我们的车子摆手。大家都一愣。这么高的山，十点多光景，怎么会有女孩在山上？若不是乘车来，是决然难以走这么远的。光头马犹豫了一下。我说："让她上吧。"反正后座还能坐一人。女孩上车。身罩灰色棉衣，敞开的衣服里面是蓝条长衣，下身牛仔裤。与山下农人没什么两样。还是光头马看出了门道，问她："你是老挝人？""是的。"女孩用汉语回答。光头马对我说她是老挝人。我有些不解。那女孩主动说话了："我来这边吃酒。"

吃酒，到中国这边吃酒？我更是不解。女孩就说，她是昨天来的，在这边（中国）有亲戚结婚，来吃喜酒。我明白了。光头马向我解释，这里有中老通婚的习俗，有老挝女孩嫁到中国这边，也有中国女孩嫁到老挝那边。老挝那边村子与江城曲水乡村子大都有亲戚关系。村子与村子之间往来密切。两国村寨青年男女在对方村子或山上相识结成了连理，不奇怪。

更有意思的是，云南边境村民常常把牛赶到老挝那边，让老挝村子的亲戚照看，在那里吃几天酒后独自返回，一个月甚至几个月后，老挝那边的亲戚便把膘肥的牛给赶回来，再在这边村子里住几天吃酒后返回。我击掌叫绝，人类之大同模式看来要学学这里，无战争之虞，无地盘之争，无国界之分。无论哪国人，都是一家。博爱啊！这才是真正的理想社会！也许，这里的老百姓根本不知谁是奥巴马、本·拉登、内贾德。他们眼里只有朋友，不论哪国的，心灵没有界限。我感慨，不由得深深羡慕起这里的边民来。

老挝女孩在九层山1号界碑下车。1号界碑是中老界碑，碑北为中国，碑

◉ 标刻九层山的石头

南为老挝。女孩从这个1号碑下的一条路回到她的村庄。在她看来，不存在"哪一边"，她只是来走亲戚"吃酒"来的。我们在1号界碑前拍照。也给老挝女孩拍照，她很高兴地与每个人照了合照。然后指了指前面告诉我们，十层大山就在这个山之上，栈道可上。九层山与十层山的山口相距很近。九层山1号界碑外有许多高耸的大树，全是高大的铁杉和冷杉，像守关的猛将。车子停在了九层山算是到头了。一个非常小的泥土夯实的停车场。

光头马把车停在这里。往前走二十余米就看到了一个上升着的石阶栈道。背上包，我给每人一瓶矿泉水，上山。愈走愈深，曲径通幽，高大的树密密麻麻，野芭蕉、桫椤树、榕树及被子植物不计其数，这样的景状堪比高黎贡山。此时攀走栈道，感觉自己也成了植物，瞬间全身生满了枝叶。而这遍山大树，如同亿万雄兵，密集拥挤，四时花草如同庭院所养，伸手可得。我想象这山里定然有虎熊羚羊麂子之类，如同庭院里的护卫军，威仪万端，镇霸一方。其葳蕤之状令人感动。我不停拍路边随时出现的高大植物。雾气太重，只能拍眼前植物，效果不好。我将感光度提高，开大光圈来拍。

每一株桫椤树都似乎不同，那幼芽儿似小孩握紧的拳头。一些嫩叶凝结雾水，一滴滴往下落，我边拍照边护住相机不被浸湿。脚下更是湿滑。光头马说，这个季节最好，如果夏季山谷酷热时来，石阶和头上的悬崖峭壁全是蚂蟥，人和牛一过，就会有成百只扑来，叮在皮肤上，饱汲人和牛的血，所幸是这季节绝对安全。只是石阶长着湿滑的绿苔，得小心走，扶住栏杆才不致滑倒。爬山还是有经验。我慢走，身子逐渐与仅能容一人通过的山栈道一起升高。多段栈道路基残破断裂、塌陷。栈道边缘的铁栏杆也多处锈蚀、扭曲，有的坠入了谷底。有一处塌陷最为严重，以竹篾铺成桥路，隔竹隙而望，能看见下面的深壑。从这个路段过，需要贴紧岩壁、低头、谨慎迈步才行。但很刺激。

来江城这么多天，也许这十层大山的山栈道才是钟希望的"刺激玩法"。我相机里的桫椤树，都是难得一见的多头生植物。边走边看这远古遗存的大树。忽想起去年四月在西盟佤族勐梭龙潭湖绕湖一周行走的情境。那天我一边行走拍湖一边记录各种大树的名字。那些树都有标牌。我随手用小相机拍了许多，那些大树，完全可以组成一部洋洋大观的树之大百科：绒毛番龙眼，云开红豆，滇桑，合果木，火烧花，千果榄仁，大叶桂樱，野树菠萝，肉实树，重阳木，八抱树，短刺栲，灰布荆，滇南杜英，短序蒲桃，老虎楝，羊蹄甲，短尾鹅耳枥，长梗芒果，茶梨，乌墨，四蕊朴，构树，鸡嗉子榕，楹树，韶子，细青皮，岩生厚壳桂，环纹榕，大叶桂，干花豆……我绕湖走了两个多小时，所拍的树种不下百种，更有山坡上看不见的树没有拍到。这十层大山里，一定有上述树种。一座山，其实就是一部植物百科全书，只有亲身读，才能读出它蕴藏的生命极美。约翰·巴勒斯说："一棵树最奇妙之处莫过于它那极其精微复杂的生长机制。底部细密如发的根须和顶部那些微观的叶片细胞。根须从土壤里吸收水分和各种无机盐，而叶子从空中接受阳光的照射。如此看来，树木几乎像人类一样由物质与精神两方面组成：一方面是震颤着的光波，另一方面是提供无机化合物的大地。"一个行者，需要的就是这种对树的生命活动品性的熟识与认知。

现在，眼前这十层大山里的桫椤有几千甚至几万株，这当然是令我欣喜的景状。江城附近有深谷名曰"桫椤谷"，不知那里会有多少桫椤树？我想这个比恐龙还早的树种为何几十万年不灭绝，或许正是因为它对于人类而言既不能用于建房，也不能当柴烧。西盟佤族山寨的树，林业局标写树名时，总不忘写它的用途，比如：皮制药，果治咳，树干做建筑用，叶可造纸，等等。我不明白为何要这样写。这就是人类一切以自己的"目的"为中心出发，哪在乎自然的尊严？这种劣根性也许从千年前传承下来。我猜想凡是有点人性都不会这样面对一株极其壮硕俊美的大树，还会如此这般写出它的"用途"！

光头马随手采几大把野清茶饮，让他女儿装进背包，他身手敏捷，还攀上一棵树采上面寄生的野生石斛。钟端着大镜头，一直往树梢上看，寻找从树的罅隙间传出鸣叫的鸟儿。

一路走一路拍，再转弯一个陡立的石阶栈道，十层大山的最顶端——"一眼望三国"的三棱碑到了。

我问光头马的女儿时间，她看了下表，向我报出登上山的时间：十二点三十二分。

我说，这山其实不算太高，因为我们走得很慢。

但要知道皮卡车已开到了第九层山了，等于只攀了最后的一层。第十层就是"一眼望三国"的大山，山巅之上，就是这个三棱体界碑。歇息片刻，照相。钟的长焦镜头派不上用场，只能用小相机。我的相机焦段正好，负责给每个人拍照。细细看这三棱体的国徽碑：

中国（北）、老挝（西南）、越南（东南）。

江城毗邻老挝、越南，边境线长达一百八十三公里，这种三个国家同一块界碑，世界罕见。去年曾想上这个山，因为下大雨放弃。我在地图上寻找，只找到了三国的交叉黑点。那么这个碑就是这个交叉的小小的"黑点"。这个点好像细微的小数点，居于三条交叉线上。钟说这"一眼望三国"还不如说"一脚踏三国"，我说钟的定位很在理、准确，但我们国家比较重视政治，尤其在外交措词上很有讲究不能逾矩。"一脚踏三国"，那还了得？我们是热爱和平的国家，绝不侵犯别国利益。我围着界碑顺时针转，从中国转一下身子就到了越南，从越南又一脚踏进了老挝。在坡下中国这边，有一个石牌，上刻"简介"，我用相机拍下来：

> ……三国交界点位于云南省江城县曲水乡怒娜村十层大山顶峰（越南称宽罗栅山，老挝称柯拉山），2005年4月，中、越、老三国达成协议，在十层大山顶竖标志碑一块，三国代表签署了立碑纪要。十层大山位于北纬22° 24′ 23″，东经102° 8′ 38″，海拔1864米。山高林密，地势险峻，平均坡度为60度，属亚热带雨林气候。野生动植物种类繁多，生长着成千上万棵素以"活化石"著称的桫椤，山顶风光隽秀，能够俯瞰三国相连几百公里广袤的原始森林。从山脚（梁子田）至山顶，山势层层叠叠共有十层，故称十层大山。

刚才在山里行走，雾气弥漫。山上却是风云变幻，阴晴交替。大块云团从天空扫过，使天光忽明忽暗。山上能见度差，白茫茫一片，无法拍出远山连绵的气势。我只能拍眼前朦胧的山的轮廓。我听见远山之上雨的簌簌声，以及风吹在树梢发出的嗖哨声，大草也在这里与大树发出同样声音。我和钟围绕着界碑顺时针走，从中国走到越南再到老挝，三步三个国家。这时师弟郭宗忠打来了电话，问我在哪里。我说宗忠啊，你知道我在哪里吗？他说你不是在云南吗？我说，我现在就在云南，我迈一步就到了越南了，再迈一步我就到了老挝了。说得他愣怔了一下，以为我在开玩笑。当我说明这个十层大山的"一脚踏三国"之三角地时，他哈哈大笑："师兄你真行，居然到这样的一个神秘之地！"

给几个人在"三国碑"前照相。给马家父女也照了不少。看得出小姑娘很高兴，说从未上过这山，开学了要给同学照片看。肚子饿了，我拿出一包饼干和柑子给马家父女，说凑合着吃点儿吧，也没准备。钟也把饼干和水给了他们。我几块饼干就着矿泉水。吃完站在山上四周巡看，尽管是中午，能见度始终不好。太阳忽隐忽现，群山隐藏形骸。远近则是风云变幻。我的脚下，群山连绵，山势陡峭，众岭起伏，树木阴森。我以界碑为出发点，以肉眼看延伸出去的射线，分辨着三个国家的疆界。

山上的风是西南风，也就是说从老挝方向往中国这边吹，那一道高高的山梁像阻断潮水的堤坝，雾海漫过以山为界的云南这边。老挝、越南这边阳光明媚，阴晦交织。我当即用四个字来读云南这边的雾海：波诡云谲。云南这边被雾海覆盖，什么也看不清。

下午三点，有一边警带妻儿慢慢上来。真佩服他这种路也能抱着孩子上来。打了个招呼，聊了两句，我们沿着山北坡下山。

隐在山北坡的大雾散尽。森林呈现碧翠的色调，一些被浓雾浸沥的树叶开始抖落水珠。石阶两边的草丛湿湿的，幼芽拱动。树枝被细小的水气裹缠，呈现出原来的色调，似刚脱胎换骨的婴孩。无风。阳光静静挥洒，近处暗，远处亮，层次分明。鸟儿嘀呖鸣啭，山谷更加幽静。只有脚步声和喘息声。我一路看石壁的绿苔和滋生物：蕨类，山茅草，野花，灌木丛，藤萝。这些矮生植物与高大的乔木形成了立体生态。而高大的树木更明显进入眼帘，几乎遮住了天空。一个大森林的世界。

光头马一路不停采摘山壁的草药：清火清心清肺清肠胃健脾治跌打损伤，没有他不认识的。特别是野生石斛，更是珍贵，晾晒干了卖，要好几百

到一朵云上找一座山

块一斤哩。我夸了他一句。他说，这里的边民都是中草药专家，有病自医，无病保健，吃的全是山里货，营养又健康。他边走边采山菜和山药，采摘了一大把。还有美丽的龟背竹、七叶草、仙灵草等，他也弄了一些，说回去当盆花栽。我把装柑子的塑料袋给光头马，用以托装七叶草。我走在光头马的后边，顺手指了一种菜，问光头马是何野菜。光头马说是酸梗菜，能吃，折了一把，去掉叶子，扒下茎秆表皮，咀嚼起来。我也嚼了一根，酸酸的，回甘的甜直抵舌尖。

　　路过一个二十余米的水泥坡，没有梯阶，上面水滑如镜，我心里说千万别滑倒，就用独脚架撑着，像蹒跚学步的孩子，小心下移，就在快要走出这

⊙ 以山脊为线的两个国家的山峰

段险路时，突然脚如踩油，一个大滑，身子失去平衡，重重摔了一跤！这一跤摔得沉重，像装满沙子的布袋子，臀部疼痛难忍。幸好左边是山壁右边是大树，若是右边无树就会滑下深谷！难怪光头马说这里每年都有人坠谷，看来所说不假。快到山下的一段路是梯阶路，路面已经没有了湿润而更显得干爽，很想在这个生态极好的大山里坐一会儿。

　　三人都在我前面，这会儿恐怕是到了停车的地方了。果然，三人已坐在车里。上车。光头马说这次要走龙富口岸。我说那不是更远了吗？他说，不怕，那边的路可能更好走些。原来，是那个边警告诉光头马走龙富这条路好走些，但不知远近。于是车子出了十层山到了一层就向左拐去龙富。路面是泥土路，太阳一晒，干燥无比，车过尘土飞扬。

　　路过牛洛河五组村：黑瓦房民居，大芭蕉树，柴垛。似一幅水墨工笔。我让光头马停车，下去拍照。光头马索性熄车，下车抽烟。钟也下车。我拍完一个山坡的逆光效果照后，返身一瞬间，看见一户农家院被阳光照耀：小房，几株木瓜树，一条晾衣绳上晾晒小孩花花绿绿的衣服，另一条绳子上晾晒的是青菜叶子，好像是晒完后，再制作酸菜或者干菜。一个女人在院子的柴绊上坐着休息，身边两个三四岁的孩子正在玩耍。远处是连续起伏的山，天蓝云白，屋灰瓦黑，一幅宁谧的农家美景。我走进院子，拍院子和山。蓝天白云在上，远山在下，最下面是人和物，极美。

　　光头马不知好歹试图要帮我什么忙。走进院子，闯进镜头，我让他后退，不要挡镜头。光头马只好站在我身后看我拍照，与院子主人说话。两个孩子愣愣看我，像看一个脸上长着机器的怪物。拍得差不多了，与那女人打了个招呼，我说打扰了在你家拍了几张照片。女人笑着说了句什么我没听懂，没有作答。光头马在后面说：

　　"她让你在她家吃过饭再走。"

　　哦，这太让人感动了。我赶紧谢谢，说还要赶路。上车，村口一个妇女背着一筐菜要求搭车去龙富，就坐在皮卡车后面。我和钟上车，感叹这里的民风如此纯朴。光头马看我高兴，说："我们云南少数民族就是好客，如果你答应在她家吃饭，她会杀只鸡给你吃！"钟瞪大眼睛，不相信这是真的。我说确实这样，我走了十多年云南，越是山区地方的少数民族，越是纯朴善良。说得光头马嘿嘿直乐，好像我是在夸他。路上又停车两次，都是拍照。

⊙ 山中人家

景美得无法形容，让我真的想在这里找个农家住上一两天，好好拍拍。

　　车到龙富，还是那个贸易小镇。说是小镇，其实就是中越边境的一个小小的贸易区，这里平时只有几个摊子在卖小货。只有在集市时才热闹非常。今天不巧，只是几个小摊贩。若是明天来就好了，明天"赶街"。搭车的那个背菜女人就是为了明天赶街来的，她要在这里住上一晚，明天赶完街后再走。我下车，一个赤背男人和他的儿子在玩耍，小男孩虎头虎脑地可爱，我拍了几张。光头马饿了，下

⊙
龙富口岸边境贸易
的边民

车买了盒泡面，就在小店里吃。路过几个小摊，都打招呼问我吃饭没有，我说回去吃，摊主人说在这吃吧，我致谢。钟想买越南烟，带回去给朋友们。我、钟和光头马的女儿来到一个越南边民货摊前。

钟看中了一种烟，人民币一百元一条（十盒）。光头马女儿说贵，别买。钟问最低多少。那越南妇女在计算器上按出95（九十五元），我马上按80（八十元），越南妇女摇摇头，我又按85（八十五元），她又坚定地摇头。我又按90（九十元）然后伸出食指，表示就是这个价了，不能再加了。她还是不肯。我拉起钟转身就走，她也不喊我们。

光头马女儿说，越南人比我们云南人会做买卖，她们很会揣摩我们这边人的心态。我想，这心态恐怕就是一个"新奇"。谁也不知道越南货到底怎样，总之外国货就是比中国的好。这是"这边人"的心态。上车，回返江城。路过一个咖啡园，我下车，摘了几粒成熟了的咖啡豆。光头马说咖啡豆的外皮儿可以吃。我吃了一颗，果皮涩甜，里面坚硬的两瓣儿果核，得炒煳压碎成咖啡粉以水冲之才能饮。

路上给老驴打电话，让他等我们吃饭。因为钟明天就要离开江城，我想让他品尝李仙江的大面瓜鱼。原来想去十层大山，在曲水乡住一晚，然后再去土卡河小寨子，坐农人的船在江上钓大面瓜鱼。去年和摄影师们一起品尝过的。钟看了我的《土卡河小寨的原始时光》后很是想去，但因行程的安排只好放弃。光头马是个精明人，不能失去这个挣钱的好机会，马上说面瓜鱼他家有，而且是新鲜的。"从土卡河那边买的，没几天！就在我家吃吧，便宜卖给你们，五十元一斤！"我答应就在他家吃。光头马很高兴，立刻给他的大女婿打电话，让把冰柜里那条面瓜鱼拿出来，再有一个多小时就到了。

"这大面瓜鱼是李仙江产的野生鱼，别的地方吃不到。再不吃就没有了。现在李仙江上游正在修水坝，××电力！"光头马说。

傍晚，皮卡车回到了江城新区。和钟直接去光头马的饭庄。光头马的女婿把那条大面瓜鱼拿出来，给我和钟看，化得差不多了。"怎么样，这条都做了吧？"光头马的小眼睛里流出贪婪的神情。我说太大吃不了，来一半。光头马有些失望，随即让他女婿拿菜刀来劈鱼。钟坐回竹桌前嗑瓜子，我继续在菜架前点菜。然后回到竹桌坐下嗑瓜子。光头马的女儿端来茶，里面放几枚在山里采的清茶饮，还放了盐杀青，说是清火的。喝着清茶饮，聊大山美境，钟夸赞这十层大山的生态实在太好了，他从未见过这么好的森林。

正说着，光头马喊我到厨房，指着地上菜板上劈开的大面瓜鱼说：

"劈了，刀有点儿偏。"光头马小眼睛闪着诡异狡黠的光，我看见这条四斤多重的大面瓜，他给劈了一多半还多，称了一下：三斤二两，余下的只有一斤多一点了。光头马还说，都做得了，再加六七十就行。我心里说，这个精于算计的光头马，你狠狠斩了我们一把不算，还要得寸进尺。但表面上还是表现很大度，手一摆说："做吧。"光头马乐得蹦了起来："我来掌勺，看我的手艺，我女婿还是跟我学的呢。"他又跟我说做这鱼需要收加工费的，在每斤五十元上，每斤再加五元。若是别人得加十五元。我懒得跟他算这细账，烦恼地轰他："行了行了别啰嗦了，快做吧。"

老驴来了，菜也很快做好了，端上来。啤酒上来了，一人一瓶喝。喝酒聊天吃鱼。面瓜鱼确实像面瓜，肉金黄，香嫩可口。但总觉得不如去年在李仙江土卡河村长家里吃的味道。钟没吃过，主要是让他尝尝，下次不会再吃这种鱼了。三人聊天，聊四周的森林和江水环绕的江城，聊许多有趣的故事。聊得第一次跟我们出来的钟，睁着天真的大眼睛倾听。老驴说他将来要写一本和老鳎行走的故事，老鳎的趣事太多了，一个"好兵帅克"的故事。

时间很晚了，似乎忘记了疲劳。回去时路过广场，这里的场景突然变得明亮，四周的各种图案的灯柱全部霓虹闪烁。完全不似昨天的样子。老驴说这里在开政协会议，要给委员们演出，要漂亮些。听说江城的一些大宾馆也清空了人，给委员们住。老驴执意要在广场上照合照。三人照了合照。然后回返。我看看手机已经快十一点了。宾馆又是无电，这电省着给政协委员们的。

拉开窗帘，月光柔柔映照进来，也不错。

第九章
到岳宋寻找娜美姑娘

但他的眼睛告诉我，
这是一个穷凶极恶的家伙，
在四目相对的一霎，
我看见了一个奔走江湖的小贼匪般的身影。

晚上吃饭时，我和老驴又提及去年在西盟的事。这让钟很是羡慕。他来云南这才是第二次，第一次匆匆忙忙。这一次无奈的是，时间实在太紧张，他回昆明的机票是在三天以后，且是在西双版纳乘机。他问我，西盟那边跟西双版纳比，哪个更好？我对他说，西盟虽然与江城一样属于普洱管辖的县城，但终究是一个神秘之地，特别是阿佤山，山高路险，是中缅边境。在我看来当然一定是要比西双版纳这人人皆知的旅游景点有吸引力了。临休息时，我再接老驴的话题，给钟讲了去年和老驴在西盟边境岳宋寨子的一件难忘记的故事——

那次的摄影活动闭幕式是在西盟搞的。结束后，老驴仍然对一个叫娜美的姑娘念念不忘。事实上，娜美已不是姑娘，是个小媳妇儿。也许，按着老驴的审美标准，娜美绝然是个与众不同的黑

◎ 西盟岳宋寨子

美人儿：个子不高，身材妖娆、丰满，面容黝黑、俊俏，特别是一双大大的眼睛，流露出忧郁和伤感，有一种冷峻恬静的美。面对照相机时，她却依然能沉静地微笑，任由老驴狂拍。在江三木罗广场上，这位有着舞蹈天赋的女孩，把肚皮舞甩头舞发挥到了极致，那种疯狂的动作，与台下的沉静少语极不相衬。

那天的"魔巴"是多年来最大的一次活动。各个乡镇和村寨都来到西盟广场一展各自的才艺。活动进行到中午。然后我和老驴被邀请到临时搭起的吊脚竹楼吃饭。娜美和她的同伴们在棚子的一侧负责烧烤。二月的西盟天气，尤其是中午，太阳直晒着，加之烟熏火烤，娜美和她的同伴，早已汗水涔涔，不时以腰间的毛巾擦脸。薄薄的黑短衫和筒裙被轻汗浸润，紧贴身上。长发也沾上了汗水，就干脆挽起个髻，盘于头上，这更显得妩媚妖艳。

老驴看得发呆，深情地望着这山中的黑美人。也许从这个黑美人身上，

◎ 剽牛

◎ 剽牛后将牛头送往龙摩爷圣地

◎ 勐梭湖畔山崖上的"龙摩爷"圣地

他找到了艺术的灵感。誓言要回去画几幅"阿佤山美人"画。坐下时间不长，我们很快与席间其他摄影家聊在了一起。吃了一会儿，我忽然发现老驴不见了，回身一看，见他在烧烤那边，又在那里拍黑姑娘娜美。

看看，这老色鬼都到了忘酒忘食的地步了。老驴的镜头追着娜美，娜美始终微笑着，也不拒绝，任由老驴在一边拍个够，旁边一个佤族女孩有些妒忌，就蹭到娜美身边，扳住娜美的肩膀，用凶狠的眼睛看着老驴，意思不言自明，就是要老驴把她也拍进去。老驴不管不顾，反正都挺漂亮的，相机不停咔嚓咔嚓响。女人们得寸进尺，一拥而上，挽在一起让老驴拍，还不停地摆着各种Pose。这一刻，老驴完全忘记了吃饭。全身心投入拍摄佤族黑美人中了。当然，这是一个难得的机会，我也加入到了抓拍的行列，另外几位摄影师也凑上来。吃饭变成了拍摄黑姑娘的活动了。待大家都拍得差不多了时，娜美忽然冲着老驴说话了：

"把照片给我！"

话语中透着一股不容拒绝的威严。老驴告诉她，照片肯定要给的，但得回去洗出寄来。

"还有她们的！"

不会忘的，一块儿寄。老驴像安慰小女孩一样安慰这几个姑娘。我知道老驴不会食言的，因为每次他都会洗出一大摞子照片寄给山区的那些乡亲。老驴向娜美要了地址。娜美就在老驴递过来的小本子上歪歪扭扭地写出了地址："云南西盟县岳宋乡新寨五组，娜美"。但邮编记不得了。后来老驴给娜美寄照片时，是在网上查到的。照完了相，佤族姑娘们有点儿依依不舍。对于她们来说，这也许是一个难得展现自己美丽的机会，这么多的摄影家们，是第一次见到这样的场面？而娜美说完了这两句话时，就不再搭理大家了，擦了擦额上的汗，头也不回地上菜和送烤串。

吃完饭后又进行了剽牛仪式，剽牛师遇到了"猛牛"，锋利的梭镖扎了三次，才将这匹体形壮硕的猛牛击倒。当然，这种残忍的仪式，是一个民族的传统。我第一次亲眼看到，好像在看处决犯人那样内心恐怖。佤族人过去有猎人头的习俗，后来废除了这项恐怖的祭"人头"习俗，改为祭牛头，我在勐梭龙潭湖的"龙摩爷"牛头林见过满山谷的牛头骨的壮观场景，很是震撼。现在，人群涌动，把一个场地围个密不透风。我和老驴都无法进入剽牛现场，只能远远站在竹棚这边看。娜美和她的同伴们，好像也进入到了场地里面，和其他乡镇的人一起，站在剽牛场地中央。剽牛完后，人们呼啦啦，随祭山的人群一起去勐梭湖畔"龙摩爷"圣地的牛头林祭祀。我和老驴的相机无法拍到剽牛场景，只好远远看着。

剽牛结束后，阿佤山的所有佤族男女老幼全都排成了长长队伍向湖边走去，他们抬着割下的牛头，踏着木栈道，进入到龙摩爷山谷祭拜。开始时我和老驴也挤入了队尾，进入这个神秘的山谷。走了一会儿，我为了拍队伍进山的全景，就落在了后面，后来干脆不跟了，向相反的方向绕勐梭湖的古树林行走，边走边拍摄湖边的古树，用手机记着这些古树的名字。花了两个多小时绕湖一周走完。此过程不提。

第二天，活动结束了，西盟县城有些落寞，从喧哗一下子跌进了寂静，有点儿不太适应。思茅为了搞好这次活动，在江三木罗剧场前的广场和周边，临时搭建了十几个佤族茅草吊脚竹屋，供活动人员吃饭和参观。凡是胸前挂牌儿的人，无论进入哪个竹屋竹棚，都会得到热情的酒肉招待。活动结束人走屋空，茅草吊脚屋还在，娜美们美丽婀娜的身影再也无法看见。街上一切恢复了正常，稀稀落落的人群，大都变成了穿汉装的佤族人。

我和老驴商量，在西盟县城里待着没意思，先前曾读过行者林茨先生写过的阿佤山班帅山寨，就在离岳宋寨子不远的西面山中（这只是地图上标示，事实上，从岳宋到班帅很难行走，车辆几乎没有）。我和老驴按着先前云南朋友指点的路线，先到了江三木罗广场后面的一个小胡同坐上一辆小面包车，然后来到了老县城。老县城已残破不堪，坐落在勐坎山上，小小集镇脚下是茫茫云海。此时天空阴郁，还下了点儿毛毛细雨。我穿得少，只有短裤，冷瑟瑟的。

因为起来早，没吃早餐，这时肚子咕咕叫。带的压缩饼干放在了酒店的背包里。在这里买了一包饼干和一瓶水。在集市上等了一会儿车，没有到岳宋的。问了一个小伙子，小伙子说，到岳宋的车根本没有，若想坐，只有搭乘去那里的个体小巴，但很少。忽然老驴在一个大卡车面前与一位年轻司机说着什么。然后向我一招手，我会意，上了卡车的后座。老驴坐副驾临窗，与司机中隔一老者。车上共四个佤族人，都是粗大强壮，面黑如瓦，其中一位年轻人，有着一颗硕大的头颅和如雕刻般的脸，粗眉，大环眼，大耳，大嘴方阔，样子如同武侠中的大侠客，十分威武，估计如果《水浒传》里演武松的那个要是看到此人，绝然会惭愧得找个地缝钻进去从此告别演艺生涯。这个大侠似的人坐在左边临窗，身穿破旧的脏兮兮的棉大衣，中间的是一位面容慈祥的老者。也就是说，车上两位年轻佤族人，两位老者。

我上车后，看见两位老人和这个大侠在喝一瓶白酒，三个人轮着对瓶喝。那老者把白酒递给我，我迟疑了一下，不喝，太让人瞧不起，不是汉子，喝，又难为。一硬头皮，喝了一大口！酒的度数很高啊。老汉脸上露出了微笑，我身上也温暖了许多。我把饼干分给四人吃，汉子也不客气，接过几片儿，一口吞下。只可惜太少了，只有一包，刚刚不如多买几包。

一路全是崎岖山路，没有人家，山路愈走愈深。不知过了多久，终于到了一个山口，看见了里面山坡下一排灰色的茅草房。司机停下，说这就是

◉ 娜美

岳宋寨子。我们下车，老驴给了司机二十元钱。我们顺着山坡山道，向寨子里走。这时太阳出来了，照在身上热烘烘的，走了一会儿就热了起来。我又暗自庆幸穿得正合适。往前走再拐一下大弯，经过一处有着高大毛竹后面的山坡。山坡下面的景象让我心寒到了极点：全是破旧的茅草屋，几只小黄狗儿和一群小猪在奔跑，还有几个衣裳脏污的孩子，在屋子的吊脚下面拴着一根绳子打秋千。他们看见我和老驴，像看见两个怪兽，呼啦啦躲在了柴垛后面露出小脑瓜儿看我们。我和老驴向里面走，小孩子们便蹑手蹑脚地跟了过来。在一个吊脚茅草屋下面，有两个挽着头发的佤族妇女正在织布，机梭子发出嚓嚓声。吊脚茅草屋侧的木板棚壁上，悬挂着竹簸箕、镰刀和草帽。有股远古时期刀耕火种、凿穴点种的感觉。我举起相机照相，一直紧盯着我看的那个年轻妇女站了起来，大声向我发话了，只见她伸出食指：

"照一张一块钱！"

语气不容置疑。孩子们也跟着起哄："一块钱！一块钱！"我连拍了几张，那妇女走了过来，用敌视的眼睛看着我。我掏出零钱，全给了她。她看样子挺高兴，想摆个姿势让我再拍，我头也不回地走了。孩子们一拥而上，

101

扯着我的衣襟要钱。我早有准备。从摄影包里又翻出一些，分给孩子。孩子们很兴奋，向山坡下的路边小卖部跑去。

老驴在前面走得快，他边走边录相和拍照。待我赶上他时，他说，这里的贫穷真是令人难以想象！这是岳宋十三组，不是五组。我说，来这里看看也好，知道还有我们想象不到的贫穷现状，看着心酸。老驴告诉我，前面有个年

轻人向他要十元钱，他没零钱。我说，我来给他吧。我随老驴的手指点，到前面去，果然有一个穿着裤衩、光裸上身、背着孩子的青年站在那里。孩子睡着了，他站在那里看着我走近。也不说话。我走近他，给了他十元钱。

转身离去，他仍站在原地不动。看着我。待我下坡后，忽然想，他也许真的需要帮助，我为什么不多给一些呢？不禁为自己的小气懊恼起来。这时老驴已下山坡了，这个村寨只有二十余户人家。走回坡下时，又看到了那几个孩子在竹林里玩耍。我也攀上了山坡，在那些高大的毛竹下让老驴用小相机给我照了几张相。

这时天空隐隐炸响了几声雷，像连续发射的炮弹。雷声过后，转瞬间下起了小雨。路边的树叶发出沙沙的雨声。天变得这么快。我和老驴躲在了一家屋檐下，这家却非是里面的人家可比，有拖拉机，还有摩托车，屋子里的电视正在播一部武打影片，喊杀声传了出来。门前的一个大盆子里，蠕动着一条足有五六斤重的大鲇鱼。可能是村长家。也不好问。躲了足有四十分钟的雨，雨小了，便和老驴走出屋檐，下山。

按村人的指点，岳宋五组在另一个山坳子里。和老驴不紧不慢走，在一个坝子的茶园里，坐下来歇脚。这时已是下午三时。到岳宋五组还得穿过一个相当远的山坡，再走山谷里的土路过去。在乡公所，看见了一个指示板，上写从岳宋到班帅的公路修建情况，好像这个公路，从2008年开始修，应该竣工了吧。

◎ 阿佤山少女

想起林茨多年前只身一人去班帅，竟一人在班帅的村头熬了一夜，天亮时几近虚脱，每想到林茨的那段经历，内心就充满了敬意，林茨才是真正的行者。班帅和岳宋都是中缅边境线上人口不多的佤族小村寨，还在极度的贫困线以下。也不知这么多年是否有改变。我征求老驴的意见能不能早点儿找到娜美，然后快些去班帅。老驴说看情况吧。这个岳宋五组着实太远，也不知道哪儿有近道可去。打听路也只能找年轻小伙或姑娘打听，他们的普通话说得还是不错的。在一个茶坝子，有一个小伙子告诉我们，去五组，得走山路，虽远些，但不至于走错路。有一个坝子可以走，也近，但就是难走。

找到五组时，已是下午四点多了。下到坡下，见一排石头房子和一些茅草，显然这个五组比十三组情况好一些，见一户人家小屋前，一双年轻夫妻站在那里看我们。女的白衣黑裤，站在门口，拉着一个小女孩；男青年赤胸裸背，穿着绿军裤，斜背褴褛，裹着一个不满周岁的光溜溜的孩子。我走近他们，打听娜美家在哪里，他指了指坡下，表情木然。我们便往坡下去。忽然，我意识到了什么，应该补偿一下刚才在十三组时的懊悔。便又走回去，

103

掏出一点儿钱给那对年轻夫妻。然后快速跟紧老驴。

　　这时寨子里的狗开始吠叫了起来，不知从什么地方一下子窜出三条狗，向我和老驴狂吠，其中一只黑色四眼狗，欲扑向老驴。老驴怕狗，后退着。我告诉老驴，愈是害怕，狗愈来疯。我挡在老驴前面，手握独脚架，用凶狠的目光瞪着那只黑四眼儿。果然，在我的咄咄逼视下，黑四眼儿吠声低了，眼睛也开始游离了，这是示弱的表现。我让老驴先走，我继续与黑四眼儿对峙，待老驴走到了安全范围，我才挪动着步子，并一直盯着那狗。狗被我和手中的粗棍子镇住了，悻悻地离开。

　　在寨子里看到了一个女人，老驴打听娜美家，那女人领着老驴和我，到了一户人家，对着窗子大声喊："娜美！娜美！"一个中年妇人走了出来。"谁找我？"老驴一看，这哪是娜美？那妇人也纳闷儿，问老驴是不是找另一个娜美。老驴说应该是另一个。那个叫娜美的妇人便领我们找那个年轻的娜美。这回对了。穿着牛仔裤短衫的娜美从她的还算不错的砖瓦房出来，见是老驴，现出笑容。但这笑容仅仅是一瞬，便被一种惶恐取代。这种惶恐便定格在脸上不变了。

　　老驴尽量表现出诚意，并没有什么非分之想，只是来看看她。从娜美家的环境来看，在这个寨子里算是富裕户了，砖瓦房、水泥台地、农用拖拉机、自来水管接在屋子前面的水泥地上的水池。水池里放着一盆小孩子的衣裳。从敞开的屋门看，里面还有电视及放像机等。这时两个小女孩从屋子里出来，依偎在娜美怀里。娜美拿出两个小板凳让我们坐，又给我们沏了杯茶。她稍稍平静了些，但仍掩饰不住内心的忐忑。开始我以为是怕我们，事后才知道是害怕她的丈夫。

　　坐了一会儿，老驴又拿出相机来拍娜美，娜美不耐烦地说，你还要拍？有什么可拍的？说着抱着小女儿扭过脸去，但还时不时地侧下脸让老驴拍。老驴看不出问题，将小摄像机放在拖拉机上，打开了录像钮。这个娜美好像没见过，也不知老驴要干什么。事实上老驴只想记录一下资料，他是干电影放映员出身，自然对摄像感兴趣，到哪里都要录上一段。我沉默。老驴与心不在焉的娜美聊着，具体聊什么也没听清。

　　这时一阵摩托车轰响，娜美的丈夫回来了。

　　见有两个陌生人在他家，男人凶恶地问："干什么啊！"娜美颤巍巍地

到一朵云上
找
一座山

当年阿佤山头人的儿子隋嘎现已是八十二岁的老人了

站起来，但还是对着她的丈夫小声解释：这两个陌生人是在魔巴上认识的，他们只是来家里看看。她丈夫也不搭理妻子，又问老驴。我坦然坐着，老驴说拍点儿照片，说话时递上了一根中华烟。娜美丈夫这才露出了一丝笑容说："嘿嘿，多年没抽过这么好的香烟啊！"接过来一根，也不客气，直接夹到了耳朵上，伸手再要一根叼在嘴上。老驴从兜里又掏出一盒递给他。娜美丈夫接过烟，揣进口袋里，高兴地到屋子里拿出一个小凳来，一屁股坐下来。翻看着中华烟。

"嘿嘿，还是软盒的呢！"

男人开始有了点儿热情，与老驴攀谈起来。我看见娜美的脸上终于卸下了恐慌，笑容重回脸上，殷勤地往我们的杯子续水。娜美丈夫自我介绍叫岩井。问我们从哪里来，来做什么。但他的眼睛告诉我，这是一个穷凶极恶的家伙，在四目相对的一霎，我看见了一个奔走江湖的小贼匪般的身影。我策略地问岩井：

"你当过兵？"

岩井愣了一下，上上下下打量着我，说：

"你怎么知道？"

"我也当过兵。"我这么说的目的，其实是在壮大一下自己，杂牌军遇到了正规军，总是会有所拘禁吧。但也是实情。果然，岩井说："我在那边当部队政委！"

政委，可能吗？就这副德性？我皱眉表示不相信，也流露出一丝轻蔑。岩井露出大金牙，说："在山那边。"说着用手指了指班帅以西。缅军？当过缅军政委的岩井一定有手段，说不定还是叛军或者贩过毒杀过人呢。我外表镇定，尽量展现一种军人般的沉着和力量。在这样的人面前，内心强大非常重要。聊了一会儿，看时间不早了，我示意老驴别再磨叽，尽快结束回返。起身告辞时，老驴提议给娜美一家照张"全家福"，岩井倒也配合，夫妻俩搂着孩子坐着站着都照了。

我和老驴出院下坡下那个土路。已经走出了二十多米了，忽听娜美叫了一声："师傅，你的机器！"老驴这才发现，忘了拖拉机上的摄像机了。我跟着他后面去取摄像机。这时就听站在门口的岩井阴沉地说了句："把这个机器给我吧！"

⊙ 参加"魔巴"的佤族青年

老驴拿起小摄像机，说，这里面还有录的东西呢。说完快速离开。我站在下面，见老驴的脸有些变色。说，这个家伙，心术不正！我说，你难道没看出娜美的表情吗？幸亏我们没有走远，否则真的拿不回来了。我责怪老驴此次的边境涉险。这里是边境，不是内地，边境上什么情况都可能发生，比如仇杀、抢劫等。你浪漫的寻找之后，却是泡影一样破碎了的东西。其实，如果不寻找娜美，就让她的"乡野美人"之印象，留给回忆岂不更好？

时间已到六点多了。现在紧迫的是，尽快找个车回西盟。得三个小时才能到啊。我和老驴又回到了那个山坳的土路上。山路狭窄，四周树林阴森可怖，阳光被大山和乌云遮挡得朦胧迷惘。从远处不时传出一两声小鸮的叫声，凄厉、惨人。有点儿电影里的情节。我说，老家伙啊，我们一块儿走别离开视线！手握独脚架，随时准备预防不测。四周皆是埋伏，在山坳里走着，如果没有车，得走多长时间才能到那个老县城？内心不禁恐慌起来。

走了将近一个多小时，突然身后传来了大解放卡车声音。老驴站在路边等，一会儿那"解放"过来了。老驴一举手，那车就停了。是一个有着娃娃脸的小伙子。老驴问他能不能捎上我们一程。小伙子问到哪里，老驴说去西盟。小伙子立即说，上来吧。老驴高声叫我，我返回跑，上了卡车后座。小

106

伙子说他正好回西盟。千谢万谢，刚刚一个小时前被岩井那家伙弄得糟糕的心情瞬间好了起来。我问了小伙子的名字，小伙子说他叫岩双。是傣族人。哦，岩双这个名字，很温暖，也很熟悉。

我说岩双啊，非常感谢你啊，要不然，我们真的要走一个夜晚了。岩双一笑，说，也是顺路。然后不声不响地开车。我发现，岩双是个腼腆的小伙子，一说话就笑，挺可爱的。我问他多大，他说二十四岁。好年华啊。岩双的车开得稳，遇到拐弯时，就慢下来。三个多小时后，我们到了西盟。我要给岩双钱，他说什么也不要。

我对岩双说，我们是从北京来的，在这里参加魔巴节，岩双说他也来参加了，这几天是挺热闹的。老驴提议要请岩双吃饭，岩双不好意思，一直拒绝。我说，我们对西盟也不熟悉，还是你带我们找个有点儿特点的风味饭店吧。我问岩双家里有什么人，他说他没成家，只有个女朋友在西盟，租了个摊位做服装生意。现在，他女朋友要等他回去。

我说反正大家都要吃饭，把你女朋友也叫来我们四个人一起吃饭吧。岩双还是有些忸怩，在我的一再要求下，还是答应了。到酒店，天大黑，简单洗了把脸，下来在大厅给岩双打手机，他说把大解放存到车库后，马上骑摩托车和女朋友一起来。

半小时后，岩双骑摩托带着女朋友过来了。他们前面引路，我和老驴打出租车，找了一家饭店，可是已经打烊了。只好又到小吃街，大部分饭馆都已打烊，最后终于找到了一家。这时已经是晚上九点多了。

老驴点了六个菜，啤酒饮料，米饭。我和老驴轮番向岩双敬酒，感谢他的帮助，也预祝他和女朋友百年好合。四人喝到了十点半。看看时间不早，岩双骑摩托带女友回家，我和老驴回酒店休息。

那一夜，睡得香。

我把穿汉装的忧郁的娜美忘记，只把跳舞时快乐的娜美保留。我这样对钟说。

钟在我和老驴的故事里静静地睡着了。

我很想得到一个荷包，
因此当一位傣族小姑娘热情地将她胸前的一只荷包送给我时，
我十分感动。

到一朵云上
找
一座山

天还黑着，钟就起床了，今天他要去西双版纳的勐腊，收拾拖箱和背包准备出发。我从沉梦中醒来，身子疲累之极。勉强起床。钟说不用送了，他自己能走。我坚持要送他，因为这几天确实对他有些苛刻，他在行动上曾一度感到束缚。他背包，我拖他的箱子，下楼，出酒店，步行去老街那边车站。路上，钟见一家小食摊在蒸馒头，说尝尝云南馒头有什么特别的味道。馒头还会有不同的味道？我心里说。但"馒头是怎样蒸出来的"或许还能让人觉出一些味道来。买了馒头他先不吃，说在车上再吃，车是七点的。到车站，却是我不曾知道的另外一个车站。我有些疑惑地问钟："这个汽车站我怎么不知道？"

钟这时终于有了反击我的机会："你能知道什么？江城你来了两次，竟没有我了解得透彻。你常常迷路，迷路了还固执，不承

◎ 民居

认是自己的错，还要骂人，你这个家伙，怎么搞的！"这一串话确实让我无法回应。也许，只有好友才这样厉声责怪。我想的是，钟能把这些天来因为我的瞎指挥造成的劳累和他的委屈发泄了出来也好。我无言以对，只是默默帮他把行李箱放在车后箱。我这人也是嘴硬心软。他这一走，恐怕又是孤单了，有些于心不忍。

他上车，紧握了下我的手说："哥们，保重啊。"

踏着微弱的路灯和月色回返。想着钟的责怪，有些忧伤，又有些忏悔。毫无疑问，他一直跟着一个固执的人在行走。但也并不完全是我的错。我总是按着自己对景点的审视来进行，而他也有他的选择。这不能怪谁。他有时也确实太我行我素，总喜欢一个人独走，而且没有协同作战相互关照的意识，只顾自己闷声不响行走。而同行驴伴难免会为某种事情发生争执，只要双方能达成一致意见。我这样想，继续向前走，也没分辨路的方向，结果还

109

◎ 唱酒歌的女人

真的走相反方向了，又一次走错了路！难道真的脑子分辨不清什么吗？就如同我常常在生活中无法分辨谎言和实话，或者无法厘清一些突然出现的问题、真相或者伪饰性的东西。这令我一次次吃亏，也阻碍了我的许多机缘。这种太容易相信别人的话，不是天真，而是缺失揆度的远见。因此我无法担当得起某个领域的主要力量，比如官场。

我想起一次在哀牢山森林行走时的情形——

那是几年前的事情，我和老驴、郑驴进入哀牢山原始森林茶马古道，一直走到了谷底，然后缘山溪慢慢走。森林茂密，溪水湍急，喷溅的水气弥荡山谷，訇然回响。我们拉开了距离：老驴在前，我在中间，郑驴在后。三驴都在以自己的感受拍摄不同的森林景致。老驴喜拍静谧的森林、阳光和耸立溪边的山石，他构图不错，后来还有一张参加了云南摄影展。我喜拍一些细微的景观，比如宁静水面下的石头和草、急速奔流的水花和湿润的苔藓等。郑驴则把镜头对准透映阳光的树叶。一会儿工夫，我就落在了后面，郑驴不知道跑哪里了，后来说他返回上山了。老驴只顾一人疾走，我拍了一阵不见老驴，恐怕失散了行踪，便赶上。这时老驴已走到了两块巨石夹缝的悬崖处，站在那里朝下面拍着什么，然后返身迎面拦住我。"走吧，那边是深谷，路没了。"我见他眼里闪着诡异的光，也没多想就和他一起按着原路返回上山了。然后我们又到这个山上的陇西世族庄园。山上的景致与山谷有着明显的区别，雾气氤氲，寒冷无比。三驴对此景不是那样热衷，上车而返。我坐前面，二驴坐后面。车行半路时，老驴拿出相机给郑驴看，说："这张真的不错，原始森林的女鬼。"郑驴也说："对啦，我看见她两个，和一个摄影的家伙下到了谷底。""遗憾的是我只拍了这一张，效果不错。"我好奇，扭过头想看老驴拍了什么照片让他俩这般的嘀咕。

老驴打亮相机显屏给我看：茂密的森林溪畔，两个全裸的姑娘在溪水畔的大石上一站一卧，长发似瀑，肌美如玉，乳丰诱人。拍得相当好。我问："这是在哪里拍的？"老驴说："就是在刚才的两块大石那儿，有一个人在那儿拍模特，我偷着拍了几张，都不太好，只有这张不错。"我说，我怎么不知道啊？老驴说能让你知道吗？我拦住了你，不让你过那两块大石，人家正在拍呢，我们得回避啊。我说老驴你也太自私了吧，没让我也看看也偷拍几张。老驴说，郑驴也没这个机会啊。我拍了，但可以把这张给你。回去拷在你的电脑里不就行了。但得有个条件，你得请我吃顿炖土鸡，郑驴作陪。郑驴哈哈大笑，说值得。我信以为真，回到京城，土鸡没请成，涮羊锅倒是请了几次。老驴依然不肯给照片，说非吃到炖土鸡不可。时间久了我也就淡忘了此事。但每次三驴相聚都要说这个话题，老驴说那两个姑娘真是太美了，年轻的身材就在眼前啊。说得我心颤动。

时隔一年，终于由郑驴把这个事情揭发出来："其实那次是骗你的，森林里根本就没有人在拍什么女模特！是老驴从北京走时试相机，从一本画册上翻拍的，又经过了亮度调整和裁剪，绝然一张逼真的照片。"郑驴说这话时完全是以正经的态度。"你上当了，你这个蠢家伙，太容易受骗了。"郑驴说。旁边的老驴却是一脸得意。"老黄这人，太容易受骗上当。"这个故事成为他们常常拿出来挤兑我的笑柄，每每说起，都让我羞惭。

想起这个事情，不禁对自己的脑子真的怀疑起来，这么个傻人，也要独自行走山林江湖？也要携"内心的剑光"走天下？不能辨别真伪，没被拐骗就算幸运了。

现在，这个相反的路走了二百多米才发觉确实错了。这段路上的房子是破破烂烂的老旧商铺，垃圾遍地。回头走，经过汽车站时看手机上的时间，车没开。这样钟不至于发现我又迷路而招致嘲笑。继续向前，忽发现路边有卖天津灌汤包，买了四个素馅儿的，边走边吃。很快回到了金一水酒店。看时间尚早，将疲累的身子往床上一放，又睡了一觉。睡了不长时间，八点钟醒来，开始拾掇东西。我主意已定，干脆去普洱吧，考察下房子，还有个菜阳河要去看看。这样想着，中午走较为合适，四个小时下午就能到普洱。

我背包下楼，退房。与老驴通电话，老驴让去他的新居看看，他在新房子里等我。背着包慢慢走，步子有些懒散，懒散得好像是在逛公园。路过广场，见有十几个男女分为两队"丢包"。这丢包类似傣家"丢绣球"：男队和女队一边各站成一排，相向而立向对方抛绣包；对方需反应迅速，跳起来或者判断绣包的落点，准确以双手接住这飞来的绣包；然后将接到的绣包再抛向对方；对方同样挪动着脚步判断落点接住绣包。这些绣包大小如小钱包，颜色不一，里面装着稻米，绣包的四角有穗子，包的中间以线缝上二尺长的套线，平时可挂在脖子上。丢包是当地彝族一种浪漫的求爱方式。江城是哈尼族彝族自治县，素有"丢包之乡"之誉。在节日前，当地村寨妇女在家中或者三五成群，飞针走线，赶制五颜六色的绣包。小小绣包，把古老的爱情演绎得富有浪漫色彩。每逢丢包节，彝族单身姑娘将绣包抛向喜欢的小伙子，然后羞答答跑开，如小伙子在包上拴上了糖，再将绣包抛回来，证明对方也看中了自己。姑娘则拴上烟作为答谢又将包丢给小伙子。这样几个来回就会开始恋爱。一般情况下，双方距离二三十米，接得好、丢得好，女孩子才喜欢，要是不好，女孩子会认为你力气都没有，以后怎么能养家糊口。男青年也可以从丢包上看看女孩子手巧不巧。现如今，标志着恋爱的丢包节演变成了一种大众的娱乐活动，成为一种不分男女老幼的健身游戏。

江城从2010年开始举办中老越"三国丢包节"活动，现已举行了两届。丢包节已然成为中、老、越三国周边地区参与最为广泛的一项活动。因为江城是一个"一城连三国"的县，举行丢包节活动，主要是促进经济发展，也是一个展销会的庆祝活动形式罢了。寻找爱情的浪漫色彩少了，取而代之的，是现世利益。随着丢包节的兴盛，绣包便堂而皇之地成为一项产业。我去年四月份在整董乡广场参加了祈福节，泼水活动后，就开始丢包。我因为忙于拍照，未能参加活动。活动结束后，我很想得到一个荷包，因此当一位傣族小姑娘热情地将她胸前的一只荷包送给我时，我十分感动。现在我把这个绣包挂于家里沙发的扶手，每每看见，都会想起那次活动，想起那个美丽的傣族小姑娘。

离开广场，我向新区走去，这里有一大片新楼——明年要开盘的"三国贸易城"，工人正在紧张施工。老驴短信指挥上楼。老驴新购的房子在顶层七楼，两个露台，东西走向。老驴得意地告诉我，早上起床东边的露台和房间能接到阳光照射，下午太阳西斜，阳光也会照进房间和露台，这种东西走向的房子到哪里去找？恐怕在北京也难找到这样的房子，这种结构也是我喜欢的。我羡慕也后悔没有购这里的房子，现在只有欣赏的分儿。老驴说出了他未来的生活规划：将来要在西面的大露台支画板画画，再弄个烧烤炉，没事就烤烤羊肉串，炖只土鸡，喝瓶啤酒。东面露台也要摆个小圆桌，早上起床喝早茶吃早点，读读报，看看早上电视新闻，很浪漫。说得我心里直妒忌。

⊙ 晒菜和晒衣服是村寨一怪

老驴又陪我去郑驴那一套房看看。房子大阳台直对着进往深山的马路。马路一直通往深山。郑驴说每天在阳台上都能看见路尽处的大山，还能看见森林和山脚下的小河。也不错。郑驴这套房子是南北斜走向，也是两个露台。我向老驴说了自己的想法，普洱这次住的时间短，想再回普洱住几天，看看那里的房子怎样。我还是喜欢普洱。

老驴说，先去吃饭，然后送你去车站。我和老驴来到超市，里面有卖各种菜，还有米饭、米线和米干。我们各自选了菜，在超市外的小桌吃盒饭盒菜喝啤酒。尽管身边绿树婆娑，空气清新如洗，但阳光还是透过遮伞洒在脸上，一顿饭吃完热汗直流。饭后和老驴去长途汽车站购到下午二时四十分的去普洱的车票。

在候车时遇到了一个好像是江苏那边的跑业务的人，他向我们说了对江城的感受。说江城绝对是除了海南之外，一个非常好的"生态城"。周边森林围绕，气候湿润，难得！如果将来再建一个机场，会更吸引人。这话老驴爱听。时间到了，我上车，座位不错，临窗。我喜欢临窗，这样能够一路看风景拍风景。上车后，钟来信息，说他已到勐腊，正去望天树。一小时后，他又来了信息，说什么望天树啊？就是人为地把一个山围上了，再把两棵高大的树拴上绳子做软梯，人走在上面向下面看。这树没法和十层大山比，全是人为吹捧的景点。人又多又乱，还很脏，收费高。失望之极。江城的十层大山森林，那才叫真正的原始森林，不必买票，到处都是"望天树"！

第十一章
山谷里的那些脚印

自然如此美丽，
人的思想就会向着健康的方向发展。
否则，
自然无法美丽，
人的思想也会阴暗邪恶。

　　普洱人民西路的福乐园是个家庭式小宾馆。最顶层四楼房间不大但很干净：墙壁整洁，松木桌椅，复合地板，两张相隔很近的单人床，床单被子白而爽洁。卫生间洗脸池是绿玻璃的。拧开水龙头，热水瞬间流出。赶紧洗个热水澡，水流充足。更绝的是还有电脑网线，电视是小平板液晶的。价格更是让我吃惊：四十元。

　　我无意中的一句话让店主给了我这个好折扣。昨天下午六点十分我在普洱下车后，背着包照着老驴告诉我的人民西路，按图索骥找到了那家福恒宾馆，不巧的是已经客满。店员告诉我到斜对面这家福乐园看看。我于是来到这家福乐园宾馆。进门的小厅不大，收银台旁有个多宝格，摆满了普洱茶饼。木沙发前的茶几上有茶盘，并无人喝茶。收银台无人。我进了院子，一家人正围坐在院子里的一张大圆桌喝茶聊天。看见我，问我是不是要住店。我说是的。就朝楼

⊙ 从寨子里走出的女人

上喊"小美，小美，有人要住店"。一会儿，这个叫小美的姑娘从楼上下来
了。我说看房间，是朋友介绍的。姑娘领我上二楼看了一个房间，满意。问
价钱，姑娘说既然是朋友介绍的，是我们老主顾了。现在淡季六十元一间，
给你四十吧。

　　我一听乐了，太值得啊，便要了采光好的最高层。

　　上楼。进房间。阳面。房门外是一条长走廊，走在走廊里，从连体窗子
可见院子里的一切。院子幽静，偶尔有孩子在院里跑动。很不错。这样，我就
在福乐园宾馆住下了。并且打算住几天。这一夜休息得相当好，比住大酒店还
要好。这个顶层的房间几乎无客，很是安静。除了窗外有车经过的声音外，其
他皆无。窗子拉紧了甚至连汽车声也消了不少。白天还可以拉开窗子，看楼下
绿意婆娑的菠萝蜜树，偶尔有鸟儿一两声啁啾，听得真切。阳光无遮无拦洒进
来，我将短袖衫洗了挂在窗子上方的窗帘杆上，很快就晒干了。

总之，因为这个相当便宜的住处，我对普洱这个城市又增添了一分好感。连街道上的小宾馆都透出温馨的感觉，更何况整座城市，定然有令人难忘的魅力。

早上起床看了会儿地图，找到了我所住的这家宾馆位置。这个街道其实距离茶城大道不太远，甚至与去年住的景兰大酒店也很近。景兰大酒店在商业味儿很浓的商贸区。人民西路却相对宁静。没有货场喧哗和人群闹腾，只有过往车辆和行人。我很是满意住在这条路。夜晚我去了景兰大酒店附近，实在太闹，在一家水果摊买了一把小香蕉、一袋糖橘和一袋枇杷果。枇杷果小而汁水充足，我一会儿就全吃光了。只是那小香蕉实在难吃，干而无水分，我掰了一枚吃，其余的放在了一边不再动。当时还要买青芒，摊主说是从泰国进来的，这季节西双版纳的青芒还未成熟，这青芒最好是去皮后切成碎块吃，因为没有水果刀而放弃。若是买了，我也能全吃了。

楼下开始有行人走动了。我下楼到西边的一家过桥米线馆吃了碗过桥米线，然后沿人民西路慢慢走，这个路上清一色全是菠萝蜜树，树上的菠萝蜜果大者如拳小者如卵，结枝杈间，还有的绽出了嫩嫩的花苞。这些果实和花苞如果不细细看，是绝然看不出来的。它们都深藏于叶子下。只有那些大的，坠悬在粗壮的枝杈间，犹似牛乳，伸手可触。我想这些果子成熟时市民也不会随意摘的，这是一种感觉。

普洱是个卫生相当好的城市，街道整洁、干净，少有垃圾纸片儿。城市的绿化不错，草坪、公园、街道两边，都会看到翁郁的树木和隽秀的花草。尤其是茶城大道，中间的隔离带，一排大树很是让人惬意。事实上，我信奉"一棵草哲学"。梭罗在《瓦尔登

⊙ 放柴火的吊脚小竹屋

◉ 竜竜村子的女人们

湖》中已然将这一棵草哲学诠释得透彻了。他说："一场柔雨，青草更青。我们的展望也这样，当更好的思想注入其中，它便光明起来。我们有福了；如果我们常常生活在'现在'，对任何发生的事情，都能善于利用，就像青草承认最小一滴露水给它的影响；别让我们惋惜失去的机会，把时间耗费在抱怨中，而要认为那是尽我们的责任。春天已经来到了，我们还停留在冬天里。"我理解的梭罗这段话，是人的思想中的价值观，它与自然的天地是融在一起的。自然如此美丽，人的思想就会向着健康的方向去发展。否则，自然无法美丽，人的思想也会阴暗邪恶。阳光、山河、树木、花草、雨露、清风，它们站在了一起，构成了生命的大意境。这种大意境，是自然的福祉所赐，人类应该感谢。"阳光如此温暖，坏人也会回头。"这是对等的一种反映。一个城市对于自然的态度，很能反映这个城市整体的人文素质。

　　沿人民西路继续走，过十字路口，再往前就是人民东路。眼睛向马路对面一扫，忽然看到"章国老茶庄"几个大字，去年曾在这里买过茶。这几个字实际上这么念："章国——老茶庄"，店主人叫陈章国，五十多岁。一般人会念成"章国老——茶庄",与八仙中的张果老同音,带着浓厚的仙灵气儿。从这个茶庄的起名上可以看出主人在经商中的帷幄运筹能力。老驴和郑驴去年八月在这里买过茶。

走进茶庄,陈章国看见我,说:"老板请坐,喝杯茶吧。"我说:"你家我来过,去年四月茶节来的。"陈章国看着我,怎么也想不起来。我说是从北京来的,还买了你一箱子茶呢。这时也不知道他是否想起我,反正是上了门来的主顾一定要留住,这是个精明的商家,不能不想到这点。果然,他一对小眼睛一眯,哈哈一笑,朋友啊朋友啊,喝茶喝茶,我拿好普洱来!我说不用了,就把去年那种熟茶拿来喝就行,他马上说今年可是涨了价啊,云南大旱啊,思茅也不例外。我这茶,全是自家长的。涨多少?我问。不多不多,涨了个整数。他伸出一根手指。我明白。装内行低头品茶。这茶还凑合,去年都送了人,今年还想买一点儿。陈章国小眼睛狡黠一闪:"老朋友啦,还是给你去年的价吧。怎么样?"我说我还要去西双版纳,不是马上走,不方便携带。

陈章国表示给我用邮局EMS快递,但快递费得我出,因为他已经为我让到了去年的价了。他很认真地拿出计算器给我算了一下,一箱子六提,加上纸箱包装重约多少,快递费是多少,再加上茶钱,最后应是多少。很细。我说,我要两箱。因为昨天钟来信息让我帮着购一箱。我马上打电话给钟,他说他要生熟各半装。生饼也同样价。这样就成了两箱。陈章国拿出邮局的EMS单子来填写。我填写好后交给他。他说这快递两天就到,最迟三天,问我何时寄。我说要在二十二号返回,他说那就十九号或二十号寄。我付了款,起身告辞。他问我去哪里,我说想去"城市花园"那边看看房子。陈章国马上说他家就住在城市花园,他正好要回家接爱人,他说正好顺便带着我到城市花园看看,然后再把我送到我想去的地方。我心里有些感动,陈章国看似狡猾的一个人,转眼间就很实在也很热情。我说那当然好,只是不知你的店谁来看。他叫他母亲,老太太从里屋出来了。陈章国说要出去一趟。

我上了陈章国的车,去东边高速路口的城市花园。一路陈章国不停说他的茶店,说他每年的开春都要到山里收购春茶,很是辛苦。我心想:刚才还说是自家的茶园子,怎么现在却是去收购了呢?这家伙看来挺能忽悠,先把我这个客户忽悠上了再说。我对他的印象大打折扣,但款子已付,我也懒得再四处寻找茶庄购茶。这样想着，心里有些烦，对他的热情就有了些疑虑，还是不与这个人在一起为好。到了城市花园，在小区外看了看，也看不出什么。陈章国给家里打了电话，他老婆到楼下上车，要回店里。我说我去"阳光新居"。陈章国就给我送到了位于洗马河边的阳光新居。阳光新居是开发江城新区的那个地产商开发的，在普洱地区有一定的名气。但新盘没开，旧楼有二手，我在一家中介公司里坐了会儿，有一人在但不是公司的人，他热情给我倒茶让座。我在这里上了一会儿网，等公司的人到了后，我便随公司的人看了一个顶层的带露台的装修好的一百零七平方米价格四十五万元的房子。

从阳光新居出来，走到了人民东路。

事实上我并不急也并不刻意要看什么房子。而是通过看房子为自己找了个逛逛这个城市的理由。这季节，阳光明亮不晒人，空气里透润草木清淡的气息，路边树花盛开，鸟儿在茂密的树叶间鸣叫。鸟儿是这个城市的精灵，走到哪里，哪里都有它们的鸣吟。在这个城市，很难像在北方，把鸟儿与季节的变化与任何月份联系起来。我所注意的事物，只要是春意盎然的，就令我感动不已。现在，我脱下了上衣，只穿T恤外罩摄影背心，背着摄影包在街上惬意走着，很是清爽。感觉自己就是一个闲人，优哉游哉行走江湖。带着一个理由，在一个陌生城市游走，与在山间的感觉完全不同又有些相同。

午饭是在一个傣族饭店吃的，一盘清炒菜心一碗肉片汤一甑米饭。一个人在外吃饭还真有些不习惯。也不知钟在西双版纳情况如何？对他始终不太放心，他第一次跟我来云南。我多次叮嘱他拍鸟别忘了时间。在云南山区，如果晚了车就很少，回不来就麻烦了。晚上最好待在房间休息，白天好有体力走路。但这家伙总是有种用不完的劲儿，这让我羡慕的劲儿在这里却成了我的担心。他计划在十六号下午两点从西双版纳机场飞回昆明，我打定主意十六号上午到西双版纳送他，以弥补前几天对他的苛刻。这样想着，就决定在普洱再住两天，即今明两天，后天赴版纳送钟。上午由于对陈章国不太感兴趣，没有去城市花园那边的高校居住区，现在看了看时间还早，就决定去那里看看。沿茶苑路走，找了几个楼盘看，没有理想的。想着老驴在江城的美居，内心总有种失落感受。

老驴终于找到了一个理想的居所。那个地方有着纯净湿润的空气，有着充足阳光森林气息。他能安下心画画拍照，不再过问官场事，真是好极。

⊙ 富人的新居

他还为他的爱人设计了一个甜蜜的花园似的小房子。在那里，他们会恩爱白头。找个清静地方逃避城市的喧哗，也许这个边境小小县城是最理想所在，它四周全是森林，水资源充足，气候温和。从江城街道走过，恍若从空旷与辽阔的记忆里穿过，可以毫无遮拦敞开自己。我觉得在那个城区散步好像一种幻觉，其实一切并不遥远。想看花儿低头就能看到，想看山和森林抬头就能看到，想进入山里静一段时间，随时都行。可以说，在中国这样的一个以破坏环境为代价增长GDP的国家来说，江城的生态可以说是独一无二。江城又是一个开发城，有的地方很原始，有的地方很新潮。它有着阔大一面也有褊狭一面，它不完美，但能够努力去做到一种完美。

　　但是，一个被外界认为有发展前景的城市其实并非好事，它在很短的时间内就很有可能变得喧嚣不再宁静，这是我担忧和不想看到的。

普洱城区每个路口都有一个方形指示图牌，这个图牌一般人都能看明白，这就是一个城市的人性化表现。这种人性化表现，明白无误指示你少走错路，少在路上犹疑不决。特别是像我这种外来人，不用去打听就能找到所要去的地方。这个下午对我来说，是一个游走普洱的下午，这种游走，让我自己都能感受到，是一种健壮的行走。

走着走着，就走到了行人稀少的城市的边缘。我感受到边缘地方有如乡村一样宁谧。我看到了山坡上的民居，那些黑屋瓦房，就倚在山坡之上。有居民挑着装满菜的担子进城，又从城里担回食品和日常用品。我在广阔的街道走着，边走边看街道两边葱郁的树。身上有汗。事实上天气并不热，我是把自己走热的。傍晚的凉风一吹，浑身爽透。

从茶山路下来，再走茶苑路，没歇着就走了三个多小时。几乎是在城的外围游走。没有公车，全是拉货物的大卡车，隆隆驶过时，卷起了呛人的灰尘。行人也稀少，偶有一两个骑车者，也是一下子消失在胡同里。好不容易来到了一个路口，在灰尘中站了一会儿，遇到1路车，看也没看往哪去就上车了。在这个城市的边缘上的公车，不管往哪儿开肯定是到市区。车至振兴大道，我下车。然后慢慢走，又见到了去年的那株大榕树。在一个高高的台地之上。那个台地，就在街边，有如一座小山岗，两边有台阶可以攀援而上。站在台地上，可仰看大榕也可俯视街上来来往往的车辆和人群。一个城市的中心地带，能有这样一株大榕，足让人惊叹。大榕下是一处惬意的休憩场所，树下几个老人在打拳，还有一些孩子在玩耍。我在这里站着看了一会儿，就回到了人民西路，又去早上吃饭的那家饭店，要了一碗酸汤面、一盘酸笋炒牛肉、一个鸡蛋、一瓶啤酒，独自开吃、开喝。

第十二章

把衣裳晾在了云上

望着教堂顶的十字架，
想着纯净蓝天里的唱祷，
内心闪烁金色的光泽。
那些无法看见的灵魂，
在天空扬洒纯洁的雨意。

上次与郑老师交谈，谈到倚象镇。他说倚象镇是距思茅最近的一个镇，周边环境相当不错。平均海拔一千五百米，山地肥沃，田畴平整，四周的茶山连成片。近年来大量种植石斛和小粒咖啡，农产品富足，是思茅地区相当富裕的镇。这个镇将来会成为普洱的新特区。尤其是茶山，台地茶产量很大，也是这个镇的支柱产业。事实上，倚象镇是一个很不起眼的小镇，几十年前还只是一个小寨子，多年来因为普洱茶的升值，成了一个远近知名的小镇。这个小镇先前地图上没有，它只是地图一缕线上的一个小墨点儿。

与众多的坝子一样，倚象镇就是一个普通的茶山坝子。

我从人民西路走到茶城大道，再打车到电工厂车站坐中巴车到倚象镇。

中巴车走的是214省道，很快倚象镇到了。

◎ 茶场

　　但我怎么看怎么不像郑老师说的倚象镇。车停了下来，我还带着疑虑问司机："到了？""是啊，这就是。"司机看了看愣怔着迟疑不下车的我，哈哈一笑："你不是到倚象镇吗？这就是啊。"我赶紧下车，为自己的失落发呆感到好笑。有些时候，我太耽于想象，把名字的预示当成了一种浪漫。看着地图上诸多好听的地名，就想象它的美好。事实上，纯粹的乡村美境已不复存在。有的也只是个名字罢了。因为这是一个高速变化的信息发达的时代，农业其实并没有得到发展，而是退步了。比如转基因，比如化肥增产。农村经济走向，早就渗透一种"利益式"的买卖意识，这种意识，就是如何把土地变成高价钱高收入，满足一部分大小权贵的既得利益，然后尽情地再把钱挥霍掉。

　　就如同眼前纯净的天空映照下的倚象镇：山坡的一些地方裸露着挖开的泥土，一些房屋在阳光下呈现破败之状，一些房屋又是翻新而建。如同一件洗得发皱的衣服上打了补丁，旧的非常旧，新的又非常新。老房屋都在陆续翻新，没有翻新的则显露着一种凋敝。新房子又总是与老房子在美感上不大协调。清一色的青瓦青墙在中国古典建筑美学里，无论如何也能称得上最富

123

魅力的古朴的乡村色调。可是，总会有不少现代的瓷砖小楼混杂其中，不伦不类坦陈一种对于原生态古典美的巨大伤害。这还不够，要么是拔地而起的明亮高大的政府大楼，要么就是哪个乡长书记盖的鹤立鸡群般的小洋房。

这里的买卖土地与中国各地乡镇一样严重，只要一个市县小职员，就可以来这里搞到一块地，然后盖房。再就是有钱人，不管是谁，只要拿来钱，找乡长书记就能弄到地盖房子，同时也会给他们大大好处，从而让本来纯美的山乡土地变少，房子到处都是。有的甚至把房子盖到山上。一个山坡平整的鞍地会成为富人觊觎的所在，用铲车铲平山坡，然后夯实地基盖房，几个月就成。几百平方米上千平方米不等，都是城里的有钱人。他们也知道要清静的世外桃源，原本的乡村却遭到了破坏。土地对于地方政府来说，没有任何规划和管理机制，乡镇官员就是当地老大，村官就是马仔，想怎么样就怎么样。

在倚象镇的路边站了很久。想象中的这个距普洱市如此之近的小镇不应该是这个样子。这小镇，虽不能是想象中的古老，但起码来说，要精致，或者玲珑，或者现代一些，不似那种零乱如散盘棋子一样。而人们的生活又该是怎样的呢？忽然想起华盛顿·欧文（Washington Irving）《见闻札记》里有一段话谈英国乡村之景：

> 乡村职业毫无低劣卑贱之说。它使人置身于自然庄严的美景之中，并以最纯粹、最令人振奋的外在影响促使人不断自省。此人或许朴素而粗鲁，却绝不庸俗。高雅之士因此觉得与乡村的下等人交往并不像偶尔置身城市的下等人中那样令人生厌。他不再冷淡与谨慎，而乐于抛开阶级差别，真心实意地享受普通生活。的确，乡村娱乐使人紧密结合，猎犬的吠声与号角声使一切情感和谐交融。

我理想中的乡村应该是这个样子。这样的文字让我仿佛看见天地间那些馨香的脚印，啁啾啼啭于梦境的途路。比照之下，我已没有了心情在这个小镇子里浏览任何风景了，这个小镇已没有了它曾经的风情，它还不如那个叫腊梅坡的小镇子，要现代就来个干脆的。这样的乡镇我只能看看而已，并不想久留。如同一个慕名已久的姑娘，一见面发现满脸涂脂抹粉、戴着廉价的玻璃耳坠儿，一开口就说出俗不可耐的话，简直失望之极。

现在我惟一的选择，就是去山里或者寨子里寻找我要拍摄的东西。我从小镇的一条水泥路出来，站在公路边等车。想去营盘山，地图上所示营盘山是顺着这个省级公路再往前走右拐，即向南去菜阳河国家森林公园的方向。和我一起等车的有几个进城购猪饲料的农人，他们是渔塘和黄草坝寨子里的。我问他们菜阳河远不远。一位老汉说，你要去菜阳河？那边可能无车去，因为现在正修筑那段路，路况不好，难走，乘客又少，所以一般情况下车就不去了。无车徒步行走，得走一天，累死啊。

看着那个有着红色标识的国家森林公园，内心只能想象她的美好了。我和这些农人在路边等了一段时间，仍不见车来。心里着急，就挂着独脚架慢慢向前走。这一走就走到了山根儿的拐角处。去菜阳河方向的路基上，一些农人在路边栽种盆花，已栽种了一半，还有另一半在路边放着。三个

◉ 普洱倚象镇路边村景

担着筐篓的农人正在候车。我犹豫要不要在这里等车，脚下已是灼热难耐。这地方是山路岔口，另一方向通往江城，就是刚才的214省道。可是这个山路岔口又没有什么可拍，何况这里正在进行着一个大工程建设：一座浩大的铁架子树立在路口，那里正进行着规模较大的茶厂的修建。

等车不来，只好再顺山路上坡步行。坡长，每步都费劲儿，路两边又无树遮阴，身上沁出了汗。走几十米就要停下来歇歇，喘息一下。就这样一步步不知不觉走到了苏家菁，山里寥落几户人家，掩映在山坡的树丛中。下面有几个渔塘，四周的油菜花开得正旺。金黄小花连片，把黛绿的水塘映得宁静。清风吹过，黄花涟涟起伏，清水漪漪闪亮。细看水面闪亮气泡，是鱼儿在水面的喋喋。那些鱼影儿，是小小的并未长大的鱼苗。我在路边的水泥护栏坐了一会儿，身边飞驰而过的，是农人的摩托车和手扶拖拉机。

边走边回头，依然没有客车。只好硬头皮向山里走，边走边看路边出现的零星房子。走到路边小卖部买一瓶"云南山泉"，看一座水泥房檐下一只白狗正在伏卧睡觉，一只黑母鸡依偎在大狗的怀里睡觉，多么温馨的场景。过苏家菁、黄草坝、渔塘、竜竜寨、大坟山天主教堂、茨竹林……沿途摩托一辆接一辆，都是山区里的农人，他们或下田干活，或到乡镇上赶集，或到县里购物，没一个是单骑的，至少两人、三人，多则四人。

走了十几公里，后面来了一辆中客。我招手车停。上车，车上只有四个乘客。我说要去营盘山。中客司机告诉我，去营盘山还有十公里。但是，这车只有一趟了，到下午两点这车回返。你得坐这辆车，但要在路边等。如果错过了这辆就不会再有车返回思茅，那你今夜就在野外度过了。我想这司机好心，但他说得也太离谱，就算是二十公里，也不至于要在野外度过。我既然能走着来，也能走着回的。中客司机的话让我有些不服气。司机看出了我的想法，他说，你想走也行，只是太辛苦，山路坡多弯多，你得走多久？得走好几个小时，晚上才能返回。我说那我两点钟准时在路边等你的车，司机说好。

营盘山到了，我下车。路两边全是茶园。营盘山茶园是个近几年开发的供游客游览观光的茶园，里面有茶屋和演艺台，还有穿着盛装表演采茶的女子。我看到，白石拱环的大门前竖立一个高高的水泥铸成的山，相当不协调，也根本没有艺术性可言。我大步向里走，一个穿迷彩服的瘦瘦中年男子从门卫屋子里冲出来拦住我："买票！40元！"

我说去年来过，是摄影团的。说完这话后我心里觉得好笑。果然他说：

到一朵云上

找

一座山

"不管什么团，还乡团也不行，都得买票！"我说："我就进去一小会儿，五分钟！"他说："一分钟也得买票！"坚定，不容商量。我觉得这小瘦子中年男子挺有责职感，我打定主意坚决不买票，也不想再进这个茶山了，出于无聊还要逗他一逗，就拍拍他的肩说："好样的，谁也不行，谁也不能进！"他一愣，慢慢后退了一步，上下打量我，不知道要说什么了。似要放我进去的意思。我转身走了，再次回到公路边。我感觉他还在原地站着看我的一举一动，好像看一个可疑的人。

这个营盘山茶园子里也真的没有什么，这时节不是拍茶园的好时节，茶树没有完全发出芽苞，还都是陈旧的老叶子。营盘山作为游览景点是因为它是一个规模很大的台地茶山。我去年四月份拍了好多，四月茶园当然比二月好很多。茶山只有到了萌芽时节才有景可观。这时节老叶子多新叶子少，连成片的茶若没有鲜亮的嫩绿就无明亮感，也无颜色层次。不进去也好，否则真的出不来了。我所感兴趣的是，每个茶园都生有一些樟树，樟树能驱虫，不用打药，如此科学驱虫是生态性的茶园的标识。

我把目光投向营盘山茶园大门公路对面的山坡平坝：一大片排列整齐的傣式水泥瓦房建筑让我惊叹。这一片清一色的房子里面居然还有信用社、医疗点和商店，在路的一处耸立着一个小亭子，站在那里可以俯拍这些排列整齐的房子。我判断这又是一个"社会主义新农村"试点实验村。后来才知道这是一个区外搬迁而来的新村，共有七十余户人家。拍了几张村子，返身向回去的路走。想司机的话不能错过时间，还有四十分钟时间可以利用。真想就坐这趟车回去算了。这些天的爬山实在辛苦之极，留点儿体力还有以后的行程。但路上风光吸引了我，是那种一掠而过者不能体验的风光，是那种人为的旅游区所没有的原生态景观。路上也有黑狗儿黄狗儿跑过。这些年，我对付狗儿，有丰富的经验。比如在路上，若是离村寨远的过路狗或者没有主人在场的狗，是绝不会吠叫的。只有村寨附近的狗儿才会对人吠叫。见到它们，只有积极逼近才会令它们害怕，继而退之。

路两旁的树木开始萌发新叶，浅黄绿的嫩叶在阳光下熠熠闪光。拐过一个山角的茨竹林村，忽然发现，对面山中有基督教堂，这可是我要拍摄的内容。赶紧下坡。再上坡。快步踏上蜿蜒伸入村子里的土路，很快进入寨子接近教堂，望着教堂顶上的十字架，想着纯净蓝天里的唱祷，内心闪烁金色的光泽。沿教堂外环行，看到这里真是一个纯净之地，周围种植柏松，院子干净，有水泥墙。看见这个茨竹林教堂，恍若看到山中农人在繁重的劳动之际来此礼拜的身影。那些无法看见的灵魂，在天空扬洒纯洁的雨意。圣音如水，施洗俗世那些浑浊已久的凡胎肉体、精神以及信仰。

近拍，远拍。再往里走，看见了山谷里坐落的小木房，那些小木房都是带露台的小二楼。四周全是茶树，想象着住在那小木房子里，晚上会闻到四处飘来的茶树的清香。看来这个茨竹林寨子真是一个好地方。时间分秒过去，真就忘了司机的约定，不知不觉错过了，抬眼看身后山根下的路，那辆蓝色中巴慢悠悠驶过。也许司机一路寻找我，他一定责怪我这个外来人，想不到我到底干什么去了，连最后一辆车也错过。而我，眼睁睁看车驶过，面临的，又将是徒步回返。反正时间错过了，索性就不着急了。

坐路边，松开鞋带，脱出汗涔涔的脚；再敞开单衣，清风吹过，一阵凉爽。

但我信心十足，相信自己前世一定是位携剑行走四方的独行侠，能走来，就能走回。我相信走了万里路的双脚。于是不慌不忙在路岔口站定，将独脚架拧在相机上，调节高感光度，用最快的连拍速度来拍路过的摩托车，这样进入镜头的行驶快速的摩托会呈静态，我像一个纪实片摄像师在那里等农人的摩托车驶过。很快就有一辆摩托进入镜头，几分钟后又一辆，一掠而过的摩托上，最多时坐四人、三人，坐两人的少。大多是夫妻带孩子，丈夫驾驶妻子坐在后面，中间是孩子，很温馨。也有男女恋爱青年同驾，男青年依然是长发型，女青年依然是在追求时髦的鲜艳衣服外再披上一件厚厚外衣或者加厚夹克，以抵御车子开起来的风寒。中年人则根据需要来搭配衣服，鞋子则多为拖鞋，这样很随意。还有骑着摩托车下地干活的，后面的人扛着锄或锹。

拍了一个多小时，大概五十多张，回放看，从脸上判断，大都是一家一家的。这些照片，可选择一些作为一个农人乘载摩托进城或到田地劳动的专题了。

这样的景状，在现代都市绝然看不到。只有在这连绵起伏的山路上。收起独脚架，继续大步向回走，走得飞快。我来时发现黄草坝正是集市，许多赶集归来的人，背着篓箧携带货物。很快来到了黄草坝，时间已是下午四时，靠近路边有一个集市，延伸到里边。熙熙攘攘的人挤在一处：卖菜的，卖水果的，卖各种山药材的，卖柴的，卖鸡鸭猪娃的；还有小吃摊，空气中

到一朵云上找一座山

弥漫油炸洋芋和面饼的混合味道，还有青芒果丝拌糖、浸泡盐水里的酸梅等等。特别是那些新鲜蔬菜，都是成担成担，有的卖完了，有的剩下不多了。筐篓背篼儿堆在路边，本来就不宽敞的这个小镇街道上，手扶拖拉机、卡车、摩托车、驴车都堵在一起，脚下的碎纸片、橘子皮、瓜子皮被来回的脚踏得脏兮兮的。喧闹声此起彼伏。我在一个卖橘子的摊前站定，看刚刚摘下还带新鲜叶子的黄橘，一问价格，低得让人感到就是白给一样：一块五一斤。我买了两

◎ 倚象镇大坟山基督教堂

元钱的，一大包。橘子沉实，我剥开一枚吃，酸得牙床发麻，但随后就有一股儿绵软的蜜甜，漾在颊齿之间。

拿出相机拍了一些集市情景，发现身后不远处一辆中客停在那里。急步上车，车上只有五六个人，都是妇孺，我抓出几枚橘子，给两个小女孩吃。车开动，一会儿到棠梨村丫口。车上的人都下去了。司机回头看看我，说不再走了。我说这车不是到思茅吗？他说不去思茅了，他已经到家了，家在棠梨村。我说那我还得等车？他说再也没有去思茅的了，有一趟是两点钟的。我一想，就是刚才被我错过的车，想那司机所言不虚。但我仍不死心，我说，要不你送我到路口吧，可以加钱。我所说的路口是江城至普洱的路口。司机想了想说："你给二十元吧。"

车开得很快，司机熟悉这路，拐弯转山，方向盘利索。在过黄草坝时又见一处名曰"大坟山基督教堂"。我撳动快门不松手，迅速抓拍了十几张，效果不错。一刻钟左右就到了路口。我准备下车，司机说，还是给你送到倚象镇吧，那里有大寨到思茅的车，很多。我有点感动，这司机还是不错的，他若提出再加点儿钱，我也愿意。

到了倚象镇，司机停下车，抽支烟，等乘客上车。我想，人家也是不愿意放空车回去。很快，一辆回普洱的车来了，我上车回返。

晚上在小宾馆给钟发信息，告诉他我明天上午要去西双版纳送他。

第十三章
朝着山的耳朵大喊一声

再往山里走，
路变窄，
路边每隔不远就会出现高大的木棉树，
大朵木棉花凌空盛开。
我觉得这景致妙不可言，
好像来到了遥远的从前。

我躺在床上。这朴素的小屋，让我的内心有种踏实感。窗子关得紧密，屋子静得好像真空。奇怪的是，这一夜醒来几次。我似乎听到了我人生的不同阶段的对话。那些荣辱、成功和失败、沉迷的梦想、幻觉，都与记忆相关。我眼前浮现出在遥远的不同的地方行走的场景。我恍若一个演员，演绎着不同的角色。这个角色，让我尝尽了生活的苦辣酸甜。但我还是反复想着一个事情：我是否现在就终止那个繁琐而又牵扯精力的工作，让自己真正以全身心融入自然？或者像老驴那样，等退休之后再来这里？如果这样，还要再等多少年？那时我的精力和体力是否尽如人意？退休，意味着老之将至。当然谁都会面临这样的问题。我要说的是，我现在的文化环境其实并不好，而是尔虞我诈的名利场。这就是为什么一到年终述职总结时，看到那些"什么都不干，又什么都想要"的人的丑陋嘴脸我就

⊙ 晒茶

生气的原因，也是我总想逃避或不参加那个毫无意义的"总结"会的原因。

　　而由行走获得的生命体验，却足以让我受益终生。各类层面的人，从社会最底层的农人到上层中资、知识分子乃至权贵，我可以读出这些人的心态：卑微，谦恭，投机，自大，跋扈，奴颜，狂傲，肤浅，躁动，觊觎。我与身边的一些自以为"高贵"的人，似乎永远无法正常交往下去。我只能整天关在书房，与书籍、电脑打交道，与我崇拜的古哲倾心交谈。每天，我只有不停地打开窗子让清风吹入，渴望花香的施洗。对季节的敏感和对雍容大地的期待，会让我蓦然精神起来。我真想像一只鸟儿，高飞远天，高贵出俗。我很喜欢雅克·贝汉的《迁徙的鸟》。鸟的内心一定有着一个个无限开阔的河流、山峦和原野，每到寒冷时节，它们便结成了一个庞大的群体，离开恶劣之地，向鲜花盛开的山岭河流草原飞翔。该片描述了一队雁排成了浩大的阵容，从北欧的沼泽向南半球迁徙，飞越原野、农庄和城市来到秀美的地方。我想象这位伟大的导演是怎样与摄制组一起，与雁一同飞翔的情形，那是比自然神灵还要潇洒的艰苦之旅。雁阵飞过了塞纳河、埃菲尔铁塔，从钢筋混凝土的城镇上空飞过，到一个人类不能涉足的地方，在那里生儿育女，第二年带着儿女们回返。还有一部美国作家路易斯·A·塔塔格里亚著的《伟大之翼》，也是一部关于雁群迁徙的启迪的书。说的是庞大的雁家族是如何进行万里高空飞翔不迷失方向、不半途而废的故事。语言生动富于情趣，不乏物化联类的想象。这两个作品，都在一定程度上反观了鸟儿的"逃避哲学"。

与我一样，最初由一个乡巴佬到城市，再由城市渴望逃回乡村幽静之地，是对于当下精神意志的叛逆，或对人文传统的复归，更是对自己身上愈来愈多的俗壳的挣脱。当然，这些想法也就是说给自己听听而已。一个世界的好坏，本来就不是谁来督导的，也不是哪一个人来说教或者能够救助的。因为我所感受到的，就是身边环境的改变，已经让我们无法再容忍下去了。而我，在一方面呼吁的同时，另一方面所要做的，就是尽情地享受伟大的自然带给身心的浸润和启引，如何见到一些别人见不到的"理想"地方。

◉ 山中的民居

天亮了，钟来电，问何时到。我说思茅离景洪相当近，车很多随时购票出发。七点三十分退房，这家宾馆真的不错，住了三个晚上连押金都不需交。从宾馆出来去对面的小餐馆吃了碗鸡汤面。然后打车到南部汽车站，购买八点四十分到景洪的车票。一路顺利。只是半路上来了些散客，也无座就站着或坐在过道上。司机是个白了头发的魁梧老司机，到了景洪后也不进站却忙着收散客的钱，每人二十元三十元不等，数人数钱数了半天。这部分人的钱当然不用上交，直接进老司机的腰包了。按照管理规定，正常的客运公司长途豪华大巴，是绝对不允许在高速路上停车拉客的。这辆豪华大巴是来往两个比较大的城市、并且在国道上行驶的长途大客，不同于县乡镇的中巴或承包的长途车。在高速路中途超载拉客今天让我遇到了，很危险的超载。

　　钟不停打电话发信息，问到哪儿了。我几次说马上就到就是不到，他很急。车子慢慢开，老司机好像少收了一个人的钱，不停回头看车里散客，好像在数人数。一边开车一边回头，这老师傅真拿他没有办法。快到江桥时车停下，打开车门，一个个散客下了车。看着窗外的街道上的棕榈树阔长的叶子上积满了灰尘，叶子卷曲、干枯，想象云南大旱该是什么程度。车再次开动，穿街道，过江桥。桥下澜沧江肮脏消瘦，岸边裸露的滩涂或黑岩有如一场战争遗下的残骸，甚至还有五颜六色的垃圾。楼房破旧不堪，灰尘满挂，像一群不洗脸的顽皮孩子站在我面前。这曾经美丽而诗意的西双版纳，如今怎么成了这个样子？难怪钟大失所望说他在景洪每到一个地方都铜臭味儿十足。他在曼听公园想坐下喝杯碑酒，问价一杯八十元！气得他抬腿就走，以为是在海南三亚啊。一想这事就骂。从一瓶碑酒的漫天价格上可见中国现状的经济是如何乱套的了。车子终于进景洪客运站，本来应该两个小时，司机却用了三个小时。找到钟所说车站附近的破旧的运政宾馆，他在楼下焦急等。我和他一同上楼，迅速背包拖箱下楼退房。然后马不停蹄到机场路，在一家蒙自米线店要了两碗过桥米线，吃完后立即打车去机场，的士司机不打表，最少三十元，而且是单程的。不说别的了，他即使要一百元也没办法。因为没有公车到机场，也没有机场巴士。到嘎洒机场，马上办理登机牌。完后钟催我快回，因我还得找住处，就背着囊包重新打辆车回景洪。

　　路上，司机主动跟我攀谈起来，他问我是干什么的，是记者吗？我说是拍照片儿的，也偶尔写几个文字。出租车司机往往是一个城市最佳的评论

133

员。果然，他的话匣子打开了。他说这么多年，西双版纳发展缓慢，森林损耗严重，许多地方毁林建房；澜沧江边挖沙、淘金、变卖土地；州政府搞面子工程，没有什么惠民政策。他问我是否去过曼听公园那边，路边树上的灰尘有一厘米厚！那积满尘土的树枝低到了让行人害怕脏了衣服不敢在树下走，宁肯走马路中央，这就造成了车辆拥堵，吵闹声鸣笛声连成一片。车子更不用说了，一跑一冒烟儿，一天下来车子成了从泥土里钻出来的泥车。政府还一再强调让车干净，如何干净？还有前不久政府门前围坐好多蕉农，就是因为村寨的香蕉地被政府抢占了，这些农民找政府要说法，围了好几天也不见有人出来解释。这些农民相当可怜，香蕉收益太少，政府收购不合理。蕉农们见围坐政府大楼起不了作用，就把嘎洒机场进景洪的那条路围堵了不让车过。见到拿相机的人就堵着，向这些人控诉政府抢掠土地。总会有从省会或者北京来的记者吧，他们认为。蕉农们很天真，认为外界可以帮助他们把信息传递出去，让省里或者中央知道，从而能解决问题。

　　记者啊记者，我们的新闻是否自由？看着破破烂烂、脏乱兮兮、无秩无序的景洪街道，司机所言信矣。而记者的无力和新闻的限制，又让我感到这是一个极不正常的社会。

　　既然这样，我主意已定，不在景洪住了，直接去汽车站买去勐仑的票，然后再去勐醒，再去勐腊的易武。易武是老驴精心筹划的一个点，受钟情绪影响，原先老驴和我计划在勐腊望天树会合，放弃了改成在易武会合。易武是茶马古道的起点，又是云南六大茶山之首，那里定有幽僻美妙所在。又想在勐仑小住看看中科院植物研究所的热带植物园。

　　我到窗口买去勐仑的票，仅剩一张，是下午一点十分的班次。买完票看时间还有半小时，车站人挤人，闹哄哄的。候车室客人拥挤无处可坐。好不容易等到了时间，检票员喊上车。我是1号座与一老汉坐在了一块儿。我拿出一枚柑子剥开了吃，老汉指着我手里的柑子问我在哪儿买的？我说在普洱，他好像没听懂又问了一句。我没回答，就送了他一枚，他接过快速剥开吃了。车开得很快，到勐仑不到三小时。一下车，见勐仑街道上喧闹无比，卡车来来往往，尘土旋地而起，垃圾遍地，午后的太阳威猛强烈，街道、破旧的楼房、生锈的铁皮门内外、鸣喇叭的汽车、到处是脏纸片儿的路边小摊、树丛、屋瓦，整个世界都在干燥中蒸发着，灰尘随时从脚边旋起。

⊙ 易武茶马古道起点界碑周围的大榕树　　　　　　　　　　　　⊙ 易武茶马古道起点的界碑

　　云南的大旱波及之广之烈历史罕见，已经到了前所未有的情形。难道不与生态的破坏有关吗？这一路，我看见灰色的橡胶林遍布山山岭岭，林中寸草不生，但又不能化解这样的状况。国内的橡胶需求量大，价格飙升。橡胶是西双版纳的支柱产业，这个产业是当地经济增长来源的一部分，农民还得靠这个产业增加收入。由此，我明白了这种干燥的景况为何与景洪一样的道理了。橡胶与桉树一样，是吸水量最大的植物。桉树的用途是造纸。而全球最大的造纸企业在云南就是一个极为典型的破坏生态的例子。

　　没有新的自然资源补充，产业结构仍是原先的模式，大地被耗尽。欲望的放纵，权力的独霸，行业的垄断，什么样的美境也不会长久。垄断了社会整体经济的权贵们，历来是不惜牺牲环境来换取自己的利益的。再比如，多年前有人大代表上交提案，购买俄罗斯相当低廉的电来控制国内的水电开发，既保护生态又得到了实惠。这样的利国利民非常好的提案，对于国内垄断了所有江河开发的电力老大的家族集团来说，是不可能得以实现的。无疑反对，因为水电开发有巨大的家族利益存在。因此就有了黄万里反对修建三峡大坝、环保人士反对在云南三大江修建梯级电站的事情出现。

　　看到此干旱想到此问题，再也无心思在这里看什么人工植物园之类。当

135

⊙ 下田耕地的老妇

即决定不在勐仑住了。感觉不好就立即走人，这是我行走的打法。问讯车站如何去易武，答曰站内不卖票，外面停的中巴车是去勐醒的，先到勐醒，然后在勐醒买票去易武。

去勐醒的车多，仅四十分钟就到了。

刚一下车就看见了一辆停靠在集市的中巴。我步子迟缓，同车来的农人一拥而上，我身后的一位精瘦小巧的老太太，一下子窜上前，以敏捷不凡的冲刺扒开前面的人迅速蹦上车，三步两步跨过堆在车中间的筐篓背篓，占据了中巴客车后面唯一的空座。我最后一个上车，已没有了座位。同样无座的农人也有三四个。他们坐在地上，我坐机箱，将背囊平放前面。中年胖司机打开车门看了一下，用手指着包括我在内无座的人说："你们几个，下车！"我愣了一下，以为不拉了或者坐下趟车。拿起包准备下车。一个穿着浅红T恤的中年汉子对我说："他意思是一会儿交警要来查，让我们到前面路口等。"我还是没明白，他拉着我下车，告诉我不用拿背囊，就放车上。我问背囊不会丢吧？他笑笑说没事的。然后我就跟着中年汉子还有另外几个人下车，走到山拐角处等车子上来。

这当儿，中年汉子问我从哪来。我说从北京到昆明再到普洱再到江城再到普洱再到西双版纳再到这里。汉子笑着说你真能走，一下子就来到了这里。来干什么来了，我说来玩儿。正说着，车子上来了，我们上车。胖司机又说："你们几个，趴下别露头！"我说怎么搞得像特务潜伏似的？大家都笑了。我

到一朵云上找一座山

把身子伏在我的背囊上，倒也舒服，像个小卧榻。车过道几位包括刚才那个中年汉子都蹲着把头埋在两腿之间，像母鸡睡觉那样将头插进翅膀里，样子很滑稽，怕在半路上出现交警。有时交警不上车就在路边扫一眼看看有没有超载即放行。车子行了十分钟，我问司机没问题了吧？司机说没问题了。大家这才把头从两腿间抬起，有人站起来扶着座椅，蹲着实在太难受了。

车子七拐八拐，山岭逐渐上升，原先所见的橡胶林逐渐减少，山坡出现了大片竹林树木以及时隐时现的碧绿河流，也许就是澜沧江一个支流？有水的地方树木必然茂盛。果然，一些香蕉树长得油绿。再往山里走，路变

⊙ 浑身泥污的戏水的孩子

窄，路边每隔不远就会出现高大的木棉树。大朵木棉花凌空盛开，阳光下像红色灯盏，鲜美、红润、闪亮，有的蓓蕾初绽，有的正在凋谢，那些凋谢了的花，整朵儿跌落，树下散落了一堆，像中国画意境中的仙人凌空摘花，然后堆放州渚之上，非常好看。我觉得这景致妙不可言，好像来到了遥远的从前。我感觉像进入了一个非凡的仙境。这个仙境让我突然想起王维的诗《辛夷坞》：

　　　木末芙蓉花，山中发红萼。
　　　涧户寂无人，纷纷开且落。

137

真真写了极处。尤其是最后两句：是禅境，不是孤独。

如果能在这里慢慢走，慢慢仰头看自生自落远离尘世的一树红花，也是一种享受。山谷阳光普照：天蓝。云绚。绿意盈眼。树木干净有质感。我内心有种突然到了仙境的感觉，为自己的决定感到由衷的高兴。车子爬上山巅，阳光明亮，山上风景一览无余。俯瞰群山深谷，沟壑丛生。脊岭之上，树影罩映车窗，恍兮惚兮，悠然如梦。一丝云从森林慢慢升起，舒展，积聚，像一脉涟动的水流。我不知是车子的速度还是云的速度，这一丝云是荡漾着的，像木刻版画的意境，人与景致，都在其中了。

车行一个多小时，满眼全是芳菲的山中美境。

车到易武，中年汉子问我要住哪里，他可以帮我找宾馆。我望着只有一条街道的混乱的易武新城，几家临街的宾馆窗子清一色生了锈的铁窗，感觉非常不好，问他这里有没有山里农家乐可住？中年汉子说易武分为新城和老城。老城在山里，顺胡同奔易武小学校，上坡下坡就是老城，现在叫十字街村。有三家可住，也是没有挂牌的农家乐。

我说这样最好，就去山里住，我喜欢幽静不喜欢喧闹。中年汉子说，跟我走吧。路上，我问中年汉子叫什么名字。中年汉子说他姓王，叫王泽平，四川人，老婆是易武人，他年轻时在这里打工认识了现在的老婆就定居在这里，已有二十多年了。王泽平让我看看村子东面路口的三株大榕树，那里有茶马古道起点的碑，碑上有文字记载易武茶马古道历史。我看了一会儿，说等下再来看，先找住处。王泽平便领我顺着山坡土路下来，路上他打电话给一个姓段的人家，那家说没有住的了，是深圳一个大老板包了他家住。王泽平又领我来到另一家，小四合院，小白瓷砖房，敲铁门喊人，里面出来一位老妇人。老妇人说他的男人和儿子去景洪了，不敢留宿陌生人。

王泽平领我来到最后一家，也就是他家对面，石头房干打垒土墙小院子，敲门，一个小媳妇和老妇人出来，说可以住的。我看了看房间，黑乎乎的，没有窗户，灯也不是那么亮。一张大木床占了整个屋子。屋子里堆满了杂物。条件很差。但没有办法了，不能再回街里去住，凑合吧。我说可以。看得出那小媳妇和老妇人很高兴。我问那小媳妇多少钱，小媳妇让我出个价。我心想哪有让客人出价的，这条件还能多少？但我无法说，我让她说多少。这时我感觉站身后的老妇人向小媳妇伸手暗示什么。小媳妇马上说：

⊙ 捕获的鱼

"和新街的宾馆一个价！"我心想就你家这条件还要和宾馆一个价？但这里的宾馆总不会比普洱高吧？有王泽平在，也不会高哪去，我想。这婆媳俩配合还很默契，但还是住下了。

放下包，送王泽平出来。王泽平告诉我，刚才是母女不是婆媳。她们要的价不会低，没想到会这样要价。我没说什么，也没问多少钱才合适，这价高能高到哪去？王泽平像有些对不住我似的，说他不急回家，就领我到他的茶园转转。

王泽平带我沿村子石头路向下走，迎面跑过来三个六七岁小女孩和一个五岁小男孩，浑身沾满泥水，小脸蛋也有。我问这些孩子是不是在泥塘里玩水，王泽平说他们在渔塘里抓鱼。这才看清小男孩手里握一尾小鲫。那小鲫已死，细小的鳞，沾在小男孩的手背和胳膊上。孩子们跑到路边一户院子。我便站在路边拿相机拍这几个浑身是泥相互追闹的孩子。王泽平与这家正在院子内晾晒茶叶的年轻夫妻聊了起来。

来到渔塘，一群人正在那里捞鱼。塘坝上放置两个大白塑料桶，半桶一两斤重的鲤鱼或草鱼，另一桶无水，有一尾蜷曲的大鲇鱼，足有十多斤。王泽平告诉我说这几个渔塘是寨子下面的苗族人承包的，这几天清理渔塘，准备换新水。我让塘主把大鱼抱起来拍照。几个人围着看我拍照，有的还问王泽平我是从哪儿来的，是哪个地方的大老板，到谁家来收茶？王泽平笑着没说什么。这更增加了一种神秘感。老寨子里来人一般都是收茶的茶老板。没有单纯是为了旅游来的。我如果说我是旅游者，一定有人认为我在扯谎。我随王泽平从渔塘坝埂上山到他家的茶园。我估计直到这个时候王泽平也在想我到底是游客还是大老板？但他不问透，只是先带我看他家的茶园，并打电话给他爱人让炒几个菜晚上招待我。这让我有些不太好意思。但看得出，他是真诚的。

王泽平家的茶园有五亩：大树两亩半，小树两亩半。王泽平说易武古茶树很少了，"文革"期间漫山古茶树大部分砍了种田。现在的大树茶是从古

⊙ 王泽平一家的晚餐

茶树根部长出的枝条所生，只能叫它"大茶树"了。他在大茶树上摘了一把嫩叶子，放嘴里嚼了一枚，说好的茶叶是苦中带甜，回甘无穷。我摘了一枚叶子嚼，果然这茶叶开始很苦，一会儿是绵甜。易武是云南六大茶山之首，易武山的古茶树有野生型和栽培型两大类，少数属于过渡型或是山茶属的近缘植物。茶农们通常将树体高大、年代久远的大茶树称为古茶树。易武正山古茶山，系六大茶山中茶园面积最大、产量最大的茶山。易武古镇曾是"镇越县"府所在地，植茶制茶易茶历史悠久，尤其在清朝后期，成为了六大茶山中最热闹繁华的茶马古镇和茶叶加工、集散的中心。易武最好的茶山，是在距此二十公里的中老边境麻黑寨、刮风寨、大漆树、落水洞、弯弓、黑水梁子（这些山区名有点儿类似占山为王的味道）。

王泽平摘了一大把大树茶叶，说晚上给你做大树茶煮腌肉。我看见一间小房子前有几株与人等高的树，上面缀满了紫色的椭圆形果子。王泽平说是大树西红柿，这种树常年生，做汤或与辣椒捣碎蘸水当作料用。他摘了几颗，剥开一颗薄薄的皮儿让我吃，酸涩酸涩的。他说这果儿开胃健脾高维生

素，只有易武茶山有，别处没这果儿，晚上也一并尝尝。我们在茶园待了半小时，时间不早，王泽平带我回他家，他爱人做了几个菜：茶叶煮腌肉，煮肉肠，蒸牛肉干，炒青菜，炒芥兰，蒸蛋羹。喝苞谷酒。王泽平叫来了住在渔塘附近的老熊，老熊是苗族人，1969年生，却是两个孩子的父亲。王泽平有两个儿子，大儿子二十一岁，在家和他侍弄茶园子，小儿子十九岁在广东读师专。

吃饭间王泽平大儿子拿出几个刮风寨的生茶饼子给我看：大叶晒青，叶子的正面有油性发光、背面有细微的绒毛，毛色鲜亮，色泽银白，饼面洁净润滑，一看就是好茶。小伙子得意地说这一个饼子至少八百元，若是在昆明，能买两千元。确实好。小伙子说他女朋友家就在刮风寨，是他女朋友家制作的茶。聊着茶聊着这地方的风土人情。吃得差不多了喝得也差不多了。王泽平忽然说，时间不早了，老黄你还是回老高家吧，以免那家的妇人不高兴。王泽平说今晚他请我吃饭老高家的老妇人不高兴了，老妇人想挣点儿饭钱。

才知道今晚住的那家姓高，主人叫高义平，汉族。王泽平神情真诚，我说那我回去了。他和老熊继续喝酒。高义平已回，正坐屋厅里边喝茶边抽筒烟，很健谈。他告诉我他家有十多亩茶园，如果我想买茶可到他家茶园子看看，明天就带我去看。我说明天再说。他们真的把我当成了什么地方的茶老板了。看来我再解释也是徒劳。

山村静悄悄，天籁轻鸣。高家院子里有个小洗澡单间，我冲了个澡，换上干爽的衣服来到院子里，周围黑黝黝一片，天空星子明亮，满挂着如同布满棋子的棋盘。仰头观棋不语，无法参透那珍珑里的秘密。又像散落了的大宝石，伸手可摘。树和花草的清香引我走出这只能看到一个方形夜空的四合院。想到渔塘那边，那边黑黝黝的。只好站在石头路上，看拱起轮廓的山上闪烁着明亮清澈的星。不知那里到底会清澈到何时？只觉得逶迤的远山像一只硕大的耳朵的轮廓，静静聆听什么。真想朝着山的耳朵大喊一声。心灵被一道看不见的水流施洗，无比纯净，尘俗皆忘。一会儿感觉身子有点儿冷。

回房。小木屋门吱吱嘎嘎，于静夜分外响亮。

第十四章

来到了「美女蛇」大山

我连喝了几杯后，
忽然姑娘问我是否吃了午饭，
我说刚吃了几块饼干。
她有些不安，
说："我给你做泡面吧。"

易武过去是远近闻名的茶马古城。它坐落在海拔1400米的山脊之上。易武古城和新城居住着汉、傣、瑶、彝、苗、哈尼等多个少数民族。易武是傣语译音：易，与傣族妇女名字的"玉"同音，意为女性，即"美女"；武，是"蛇"。易武山，是有"美女蛇的山"。

如果单单从"易武"这两个汉字来看，是无法解释的。在傣语里，则内涵丰富，浪漫无比。得知这个意思之后，我就想：这美女蛇是佼好善良的美女，还是蛊人惑魂的蛇仙？这地名的由来，肯定不会是历史的某个牵强附会吧？"美女蛇的山"我无法考究，问当地人他们也根本就不知道怎么回事。我想，这应该从山的形状或者传说来考究。

过去的易武山称慢撒山。慢撒山位于易武茶区的东南部，易武镇又在易武山的最南边。易武山在江北五大茶山之易武茶区之

⊙ 山中的儿童

内，加上悠乐山（基诺山）并称云南六大茶山。清人阮福在1825年写的《普洱茶记》里记述的云南六大茶山只有慢撒山没有易武山就常被今人误解，实际上慢撒山就是易武山。易武山海拔低处656米，高处2023米。海拔差异大，雨雾的分布也存在薄厚浓淡，阳光阴雨并存，因此形成了立体垂直气候，具有温湿型、温暖型两种气候特点，不同的小区气候衍生不同的生态环境，其海拔、空气、温度、湿度、土壤等地质环境，对于茶的生长来说，都是最佳。易武正山古树茶，以温润柔雅蜜香回甘著称，是清朝贡茶中昂贵的顶级茶品，价等黄金，名重天下。乾隆年间，大批来自石屏的客商来此，落籍易武栽培茶园"代易武赔纳贡典"。从而使易武古街商贾云集，一度繁华，也是汉人落籍较多之地。易武正山古树茶主要特点是：一是汤味纯厚甘甜、茶劲十足，这要归功于高超的杀青技术和揉捻晾晒环节，谷雨前后采芽茶味淡，香气挂杯持久；二是苦涩弱，回甘生津快、长且持久、水性细腻；三是

143

耐泡，叶底鲜嫩，汤色金黄通透，喝起来内力绵绵涌动；四是重闷苦味明显，涩弱，苦味化得快，生津回甘强；五是易于珍藏，假以时日将藏品取出尝之，必是佳品。综上五个特点之茶是极品。

⊙ 晾在墙上的茶

传统制茶法第一步是"杀青"，使鲜叶失水。杀青时必须均匀透彻，炒茶时就会散发出茶香。

⊙ 老屋与木瓜树

第二步是"揉捻"，是以手工团揉，以此破坏叶肉组织，便于以后茶汁泡出，还可以塑形，为后期的烘干做准备。第三步是茶叶揉好后，要在太阳下推薄晒干，或者以火塘烤干。第四步是将称好分量的毛茶倒入蒸桶放在锅上蒸，待茶叶蒸湿蒸软后，再倒入特制的布袋内，收紧袋口整理形状。第五步是将装有茶叶的布袋用石墩模子紧压，靠身体的重量将茶叶压实，形成饼状。第六步是将压好的茶饼晾干后包装，先用笋叶包住，再用细篾条捆扎，然后运往商铺销售。

以前一些茶商将采下的茶全部运往普洱进行交易，百姓称之为"普洱茶"。后来清政府云贵总督鄂尔泰在云南设立普洱府下设茶叶局，把易武原

到一朵云上 找 一座山

有的数百年的古乔木茶树保护起来，列为贡茶，仅供皇宫品茗，还召集顶级茶农和茶叶专家到易武种植普洱茶树，就形成了"十万茶农进易武"的故事。据史料记载，清嘉庆、道光年间，易武山每年产干茶七万余担，远销西藏、东南亚等地。道光年间，由地方集资投劳，从易武起修筑两三米宽，二百四十余公里长的青石板茶马古道。现在，仍能看到顺坡而建的青石板街道，街道两旁的宅屋或盖于高台阶上，或建在台阶下侧，使易武古寨宅屋盘根错节，隙道分布。

当年的易武逢产茶旺季，外来购茶、运茶人数达万人，可谓骡马塞途，热闹非凡。如今一些家庭，依然保持种茶、采茶、制茶传统。《普洱府志》上说"云南迤南之利，首在茶。而茶之产易武较多，茶味易好"。清道光十八年，道光皇帝御赐给贡茶的进士车顺来的"瑞贡天朝"匾额，就挂在普洱茶博物馆里。

历史上的云南茶区，是由澜沧江来划分的，即江内和江外。易武等六大茶山为江内，所产的茶为"山茶"。勐海、南峰为江外，所产的茶为"坝茶"。"坝"为傣语，平坝丘陵盆地原野之意。这"坝茶"（如我在思茅倚象镇营盘山看到的台地茶）品质，远不如"山茶"优良。近些年，许多茶商经常到江外采购南糯山一带所产的茶掺入易武茶制造，每年都有大量的假茶运到思茅压成圆饼，以充当易武茶。这些茶做出后，饮者不能辨别哪些是"山茶"，哪些是"坝茶"。许多易武茶商为了证明自己的茶是"正品"，都标榜其茶厂"开设在易武大街、精选易武正山阳春细嫩白尖"，云云。

想得到正宗的易武山茶，定然要识茶者亲去易武山的茶农家买，否则极易上当。写到这里，我想读者便能对古茶树和普通的坝茶有个大致的区分了。来这趟易武山，值得。

太阳从山林里露出了曦光，我沿村头山坡走，来到那个"马帮贡茶万里行"茶马古道起点的大榕树下拍摄晨光和碑刻，也拍一些茶农背篓上山的身影。停留片刻，便尾随两个茶农顺山坡踏土路上山。土路蜿蜒伸进群山深处，不知到底有多远。走几分钟，山体一侧深处的壑沟让我想一探究竟，顺壑沟，入山阴。西面群山处于阳光之背后，一对年轻夫妻正在采茶。攀谈几句，得知他们家就有小型茶饼加工厂。但只能加工生饼不能加工熟饼，这里的茶家没有发酵设备，都是加工生饼，熟饼只有景洪的大茶厂能加工。聊几

145

句便找一山坡坐下看茶林远山。树木花草气息和阳光静静荡漾，鸟儿在山林间飞来飞去。

山林静幽，只能听见鸟儿飞离树梢时翅膀撞击树叶扑噜噜的声响，以及它们的鸣叫啼啭。于是又浪漫地想着，自己如是一只山鸟就好了，可以遍游山林，随意栖落，何苦身受人间诸多羁绊之苦。人与鸟儿的区别，也许就在这里。想必大自然生灵造化就是如此之区别，不胜唏嘘感叹。给钟发个短信，说了自己的情况，也问问他的情况。他回了信息："有美女吗？没有美女，那还叫境界吗？"我回他："美女易老，山水永恒；肉体易逝，精神常在。"当然这短信有某种说教的意味，钟比我年长，我这样时刻教训他当然在某种程度让他难堪。果然，神经质的家伙一下子愤怒了，短信一条接一条发来，说什么我有水平没档次，有美景没美女无品位，只会穷酸吟诗不懂浪漫，乱七八糟的怪论。这家伙到底怎么了？好像有股子发不出来的火。也许他正无聊或没事干呢。且不理他。

在山坡坐了一会儿，还是钻那个土沟原路返回走盘山路，忽见一个旁逸斜出的小山道，蜿蜿蜒蜒逶逶迤迤伸向山谷深处，很好奇想探个究竟。入森林，走仄径，愈走愈深。高树稠密，草木阴森，脚下小路渐隐入没人高的草丛，用独脚架拨开草丛探路，小心翼翼向森林里走。周围静得只能听见脚踩草叶的声响。这时忽想起"易武美女蛇"传言，想起几年前与老驴在广南失足山壑的凶险，心里一阵子恐慌，为保安全赶紧退回到山路。

从坡上下来走视域开阔地方，见坡下的台地，有两位老妇正在采茶，一胖矮老妇和一瘦小苗族老太。苗族老太身穿厚重的苗装，身背大篼，认真采摘嫩叶。我问那位胖矮老妇这茶园是她家的吧？她答是。那位着苗装的老太是她家的帮工，已八十多岁了。我感叹八十多岁老人的勤劳。胖老妇问我住谁家，我说是高义平家，老妇脸上顿时露出了轻蔑的神情。老妇说她家也可以住，我问是哪一家，她指了指寨子中间那个白房蓝顶楼房。我吃惊，你家姓段？昨天问了说深圳老板包住了。

老妇点头说是段家，在易武老村姓段的只就她一家。我没再说什么，只觉得老妇人脸上有些怪异，但又不能问。看了一会儿老妇采茶，便去渔塘那边。

沿着塘坝埂走上一个小山坡，昨天看的渔塘现正是一场热火朝天的捞鱼

⊙ 捉鱼的孩子

场面：除了五六个小伙子外，还有一个姑娘。其余的全是五六岁的小男孩小女孩！我细看，有昨天看到的三个小女孩。个个脸上、身上是污泥。姑娘穿着白色棉短袖上衣，黑色运动裤，四肢修长，圆满的身子，胸脯高耸，她将运动裤绾至膝盖，小腿沾满污泥，却不管不顾，与小伙子一起说说笑笑捉鱼。一个小伙子开玩笑说了句姑娘什么，姑娘捞起一块泥巴扔向小伙子。

渔塘的水放干，只有没脚踝的一脉浅水。一群人在淤泥水里奔来趟去，以手捉蠕动的半斤左右的鱼。鲤鱼、鲫鱼、草鱼、鲶鱼、罗非鱼熙攘挤满浅水，孩子们兴奋喊叫，一丝不苟趟水捉鱼，把捉到的鱼放在桶里，好像玩一场游戏，十分开心。有的鱼还窜到了岸坝边竹筒墙围里藏匿，几个小伙子便用柴刀劈开竹筒拿鱼。很快，搁浅的鱼便被捉完。还有一些藏于淤泥里，孩子便静立淤泥里观察动静，一看到有鱼鳍蠕动就赶快过去捉住。有个大脑门小圆脸蛋的虎头虎脑小男孩很像我的小侄子，我的相机便追着他拍。一会儿这些满身污泥的年轻人和孩子们上岸了，我上前拍照。捉上来的鱼有一大塑料桶。

今天这一桶鱼要给参与捉鱼的孩子分的。这让我看到了一个非常有趣的乡村温馨场面：孩子们排队来到大桶前，接受大人的分鱼。一个小伙子将手里几个塑料袋放在地上，在桶里捞鱼，大小均等每份五条，分发给来领鱼的孩子。孩子们手里拿着分来的鱼，不顾洗去小脸蛋上的污泥，高高兴兴跳着蹦着飞跑回家……这是我在中国云南西双版纳一个边境山谷里看到的村寨最生动感人的画面：一群很小的孩子，通过自己艰苦劳动得到了一份应得的报酬。这些孩子若是在内地，父母绝然不会允许的。内地的孩子该是香车接

147

◉ 去往茶园的茶农

送，在幼儿园唱着儿歌，跟着老师做游戏，若哪个孩子不慎摔了一跤，那是天大的事！

正午的天气骤然升温，回屋子换背心薄裤穿上，背相机向小学校方向走。继续往东，见一军事管理区。这里有驻边境留守部队，白围墙里可见军车停在训练场地，有标语贴于营房外墙。我知道一般情况下此地不能拍照。但我实在想公路边的那些木棉树。可这营房似乎堵截了这段路无法走过。昨天的山路怎么不记得了呢，它似乎在时间的另外一侧。往回走，没走几步，忽见公路依山根处有个规模很大的茶厂，沿岔路进入。茶厂门上写着"何氏好茶"四字。好像在老城见过。我站在门前犹豫时，忽听见一个女孩声音：

"大哥，进来喝杯茶吧。"

来易武两天，老寨的人看见我就叫"老板"，还没有人这样称呼我"大哥"的。我感觉因我的到来，好像寨里人都很在意。他们都把我当成了一个茶商大老板，来秘密考察寨子里的茶，然后出手来个大买单。当然这是我的猜测，这个猜测是有迹象的——因为王泽平和高义平一直问我想不想跟着他们到茶园子看看。我无法向他们证明我的目的并不在此，我只是一个悠闲于游玩的过客而已。

顺声音往院子里走，看见三个姑娘在晒白布，那白布在正午的阳光下闪烁着刺目的色泽。刚才三个姑娘都在白布的另一边，其中一个好听的声音传出来但身子无法看见。现在这三个姑娘又都转了过来抻布，都很漂亮：一个穿牛仔裤白色短袖上衣二十五岁左右的高个子姑娘向我微笑，刚才的声音是她的。另外两个都在二十岁左右。这是今天上午在易武老城见到的四个姑娘（包括渔塘里捉鱼的那个姑娘）。我就想，易武老城怎么看到的全是老人，年轻人少之又少。是不是与别的乡镇一样有年轻人外出打工家里只有老人孩子留守的现象？但这静谧之地出现三个漂亮年轻女孩，也是让人高兴的。

那个高个子姑娘走了过来，对我说："大哥进院子喝杯茶吧。"我于是跟姑娘走进了院子。院子很大，呈U形，墙根处放着用来运送茶的纸箱、晒青的篾箩等，一些青茶就在篾箩里晾晒。姑娘把我领到一个硕大的圆木板桌前坐定，桌上有茶杯茶盘，姑娘坐施茶座，开始烧水煮茶。经过简短攀谈，姑娘确认了眼前这个黑须汉并非来买茶的而是个普通旅游者。这个黑须汉对茶还算有一定了解。便无所顾忌谈茶，她讲这里的麻黑寨的茶、刮风寨的茶的特点、古茶树哪儿最多。我感兴趣的是她说买茶最基本"要领"：一是要看光泽、油色、叶子整而不碎，有梗的甜与无梗的涩之区别；二是要品尝，汤色纯正干净、通透无杂质；三是看产地。姑娘很坦诚，也很热情，她说如果不懂茶的话就不要贸然买茶。买茶人，一定是懂茶人。说话间水开了，她洗茶泡茶斟茶，顷刻面前茶香氤氲。喝一口，回甘、绵甜，果然好茶。姑娘一边施茶，一边讲解易武茶的妙处。是民间的茶道。我连喝了几杯后，忽然姑娘问我是否吃了午饭，我说刚吃了几块饼干。她有些不安，说："我给你做泡面吧。"

这怎么可能，一个刚刚还素不相识的女孩，听说我没吃饭要给我做泡面？但一想到这就是山乡人热情好客本色就又觉得释然，但我还是谢绝了。她便喊门口正在玩手机的一个女孩，让那女孩把房间里的两杯海蜇面筋拿来给我吃，说是朋友给她带来的。我慌忙解释说不饿，也吃不下去了，我在路上吃了一大包饼干。其实，我真的后悔自己的诚实没能更减一些。面前这姑娘的真诚和热情，让我又回归了从前乡村的质朴。我听她说喝生茶是要吃些食物才行否则胃受不了，生普洱应在饭后喝。

这一说胃还真的有些难受了，但是绝不能在这里吃人家的泡面。这并不是有意抵触什么，实在受用不起这久违了的、在她看来很平常的施舍。我内心隐隐有些感动，是一种无法掩饰的感动。姑娘好像看出我的心思，不再沏茶，给我倒了杯开水说："那就以水代茶吧，喝杯开水淡化刚才的茶。"她说这里不常来客人，有的来了坐下喝茶，总是以提防的心来跟她说话。首先要问她家的茶多少钱？怕喝了茶又不买，主人会不高兴。其实她和她的家人并不是这样的。有朋自远方来，不亦乐乎？接着女孩自我介绍，姓张，彝族人，是嫁过来的，来这里快五年了，与一位姓何的小伙子结婚，也就是现在的何氏茶厂的老板。她介绍说立春的茶和清明前的茶是最好的，买茶就要再过一个月来，即三月份最好，那时她可以穿上彝族服装到她家的茶山采茶。

"如果黄哥你能来看我采茶那就太好了。"

我注意到：我已从"大哥"变成了"黄哥"。内心挺感动。我把目光投向茶案边，那里放着几张宣传茶的广告册页，问小张姑娘是不是她家的。她说是一位广告公司设计的。我看了看内容图片，都是加工茶的图片和商标，觉得缺少易武茶山的介绍，图片也有两张需要加工，比如采茶，为何不用她和两个女孩而是用中年女人？等等，她觉得所说的问题还中肯。拿出小本子一笔一画认真记录，说文字是她撰写的，定有不当之处。

小张姑娘还给我看了一位老学者给她写的两幅书法，是一首藏头诗绝句的两幅书法，将"何氏好茶"嵌入其中。那位老学者是一位大学教授。我选其中一幅隶书，告诉姑娘制作宣传册页时，最好把这首诗印上去，有文化味儿。坐了会儿，起身告辞。小张姑娘说："黄哥，我觉得你看问题特准、特深刻。你一定是个了不起的人，你是作家吗？"我说我像吗？我只是说了我的感觉而已。小张说她也见过像我这样的懂艺术的人，还送了她一些写易武茶山的书，就在她办公室的铁皮柜子里。小张领我到门口办公室，打开柜子，拿出两本书给我看，都是些资料性的茶文化配图片介绍书，谈不上文学，与书店里一些如何做菜之类相似。小张姑娘送我到路口，要了我的通联地址和QQ号，也把她的QQ号给我。我看了看时间，在这里坐了一个多小时。告别小张姑娘，我沿原路返回来到新城街道。

新城街道依然有大车来往。我来到一个小商店买了两只煮鸡蛋和一包柑子。店主人给我拿来小木凳，让我坐下慢慢吃，还给我倒了杯开水。他一口浓重的山东话。是山东泰安人。他问我是不是山东人，我说是东北人，他说山东人和东北人一家的，闯关东啊。几句话就彼此近了些。他邀我在他家吃面条。我谢绝。他说他在这里开这个店，是因为他弟弟在这里的派出所当副所长"罩着"他，否则他不会千里迢迢跑到这里来。正说着，他弟弟穿着警服走了过来，从他店前走过。当副所长的弟弟手揣裤兜眼睛斜瞥了一眼坐在他哥哥店前的这个黑须汉，一句话不说大步流星向东边走去，好不威风。

回返时接到王泽平电话问我在哪里。他说高家老太正等我吃饭哩。当然我明白这高家不是请我吃饭而是要收费的，后来的事件证明我上了狡诈的高家老太的小圈套了。但我没来得及细想，我太简单地看这里的人了。我按白天的路回返，黑灯瞎火的竟然走错了路，找了好长时间才找到高家，进门，一家人已吃完，桌上半小碗豆腐和一盘蔬菜。肚子还真有点儿饿，吃了两碗米饭。夜色降临，星子满天。钟来短信，他在昆明巫家坝机场，但被告知空中管制不能起飞，待在飞机上又不能下去，很是郁闷。夜深人静，高义平斜躺在客厅木椅看电视，声音大得让我在木屋无法休息，便走到院子站在天井里看星空。

那些亮得耀眼的星子像许多鱼眼，诡谲地照映夜的深潭。

苗族老年人是现代文明的拒绝者，
也影响年轻一代。
但在这里，
他们却表现出了明显的自强自立和精神上的差异性。

　　老驴来信息说已从江城启程，大概正午到易武。他坐的是江城至勐醒的车，但不在勐醒下，是在距易武八公里的岔路口下，然后再乘小面包或摩托来易武。

　　得给老驴找个住的地方，高家万万住不得了，看这家人阴森森的心里愈来愈感到犯怵，这两个夜晚已是让我感觉到他们将要对我进行盘剥了。

　　早上，我在老城散步来到了段家，想起昨天段老太的话和神情，决定到她家看看。这是一个三层楼的新起房屋，白房蓝顶，高居坡上，与周围的黑瓦土墙房屋相比，简直就是鹤立鸡群。段家房舍旁边就是以石垒成的石道，仔细看是在以前的老路上新修筑的。站在庭院开阔地望对面山景一览无余。

　　进院子，段老太正在晒青茶。她高兴地与我打招呼。我说今

◎ 茶园

天还要来个人，问她家能不能住。段老太马上说："能住，能住。我们只要二十元一人。"超低而合理的价格，登时让我对段家有了好感。而且比高家的屋子干净多了。显然，这是段老太另种手段：她让我就此离开高家。后来的事情证明这又是一种打法，让我知道了易武古城商家们的头脑是极其不简单的。然而不管怎样，这是个窥视民间接近易武当地人的最好途径。我意识到了此次，我正以自己的经历，亲证了一个社会阶层的生存状态。这对我的创作有益。

看了一层的房间。二楼是深圳老板三人包住，这个深圳老板买了她家的房子正在翻盖，待盖完房就回去。也许会持续到明年这个季节。我看到，深圳老板买的房子上下两处，面积有五百多平方米。这在后面有交代。段老太说下面房子是小孙女的，可以腾出来让我们住，屋里有两张床，房间比高家敞亮干净。我说马上搬过来。

153

到高义平家，说要到街里住了。高义平女儿与我结账，我给了与街上宾馆同样的钱，外加两个早餐米线和一个晚饭的钱。事实上这些钱已是足够。但就在这时事情发生了：就在我回屋子收拾东西时，母女两个在门口经过短暂的交流迅速地做出了一个决定，她们在议论我这个"大老板"所付出的费用应该再多些。于是就在我跨出门来到院子里时，被站在那里的高家老妇拦住了：

"再给十元！"

高家老妇阴沉的脸近乎蛮横索要，更像是拦路抢劫。显然我遇到泼皮人家的敲诈了。虽说高家老妇所加的钱在我看来只是个小钱而已，但令我不爽的是，刚付过的住宿和吃饭钱绝然高过这里的行情。我揣测，高家老太和她的女儿却想的是，这个内地来的"大老板"，怎么不能大方一点？因此说来，向这个"大老板"索要一点儿小费也是应该的。

我意识到自己前天被王泽平领来并轻率地决定终于要付出代价了。我不想在这里浪费过多时间，只想尽快从这个令人厌恶的胡搅蛮缠的丑老妇家里离开。这预感到的事就在眼前，总是要解决的——想起来好笑，谁也不知道我这时在我所热爱的云南西双版纳边境上一个遥远的山谷，一户人家的两位妇人正向我这个"大老板"追讨钱两。看来前晚王泽平请我吃饭让我快回是有原因的，这个人家确实有问题，不好相处。我那时就该感觉高义平家人要算计我这个送上门不宰白不宰的北方来的"大老板"之原因了。

但她们还是不敢索要太多，这当然又是我的幸运。因为在这偏僻而陌生的边境山谷里什么事情都有可能发生，什么不合常理的举动，都会被这些原住民所左右，特别是对于一个从内地来的孤独的人。说严重些，没把我这个"大老板"抢劫了再弄死然后神不知鬼不觉埋到山里就算万幸！这绝非耸人听闻，精于算计又不懂王法的人就是这样。如此我倒庆幸所给的住宿钱和饭费，高过在景洪或普洱的普通酒店的费用了。因此就在高义平家人再次勒索时，我毫不犹豫掏出钱给了高家老妇好让她尽快闪开让我出门。

这点儿钱是买路钱。走出高家后我长吁了一口气。出门在外，重要的是心情舒畅。我在山乡的头两个晚上自以为浪漫地住在了农家，最后却落得了这样一个堵心的事。就好像正欣赏一潭清澈的池水时，突然有人往池子里丢进了一坨狗屎般让人恶心。当然这点事情不算什么，我想很快就忘记这不值得我多费笔墨的不快。我相信村寨里大部分农人是善良的，比如王泽平、老熊等。我给王泽平打了手机向他致谢，并未说高家盘剥的事。他说这几天都在茶园，如我想来他的茶园子看看，他会让儿子骑摩托把我带过去。

来到段家放下背囊后，到大榕树下拍几个玩耍的孩子。忽然发现一个有趣的现象：山坳老城的房子外围山坡上，清一色的，是竹篾子拦成的窝棚，有的连成一排，有的单独，房顶也是竹篾压塑料布防雨。开始时，我没在意这里是住户人家，后来看见天天有大人孩子从竹窝棚里出进，里面还冒着炊烟。竹窝棚外，晾晒着小孩子花花绿绿的衣服。我随一个孩子下坡拍照。外面大木瓜树下坐着几个妇女，一边绣花一边聊天，见我拍照，不好意思地扭过脸，有个女人甚至夸张地"哇呀"一声，跳了起来，逃进屋子。

从屋子里走出一个三十多岁的男人，站在那里看我拍照。我放下相机时，他说进屋坐会儿吧。我说我拍几张就走。拍了几张刚要走，忽看到这个男人面相很善，他的两个儿子就是昨天在大榕树下拍到的两个孩子，这时一个推着小山地车，一个正在旁边玩耍，那只大黑狗跟着孩子跑来跑去。我当即决定，想和眼前的这个人谈谈。

他叫王国鹏，1980年生，是三百多公里以外的红河州金平县营盘乡宝山寨的苗族人，这个易武古村的苗族人，都是红河那边的。有的整个村子"来为这里的人打工"。

我终于听到了一个新鲜事：一个地区来的农户为另一个地区的农户打工。而且这里的苗族一百多户为这里三十余户的原住民打工。也就是说，住在山坡的竹篾窝棚里的这些"外来户"，基本是从一个村来的，是自发迁徙的"移民"。他们的家就是眼前用竹和木头搭成的窝棚，人住的屋子棚顶是以塑料布裹罩，做饭的屋子则漏着天，锅灶冒出的烟就从棚顶缝隙飘出。远看，烟是从屋顶上"钻出来"，不知道的还以为屋子着火了。如果雨天，那就非常麻烦，烟会弥漫整个屋子。这些苗族人为易武古村原住民干侍弄茶园、采茶、种菜、整饬农田、打猪草、上山砍柴等体力活，每人每天会得到七十元到一百元不等的报酬，当然谁家给得多就给谁家干。"这里的原住民都很懒惰，也都精于算计。"王国鹏说。

我忽然问他认不认识汉族人高义平，他说："怎么不认识？为人很差、小气，太能算计，谁给他家打工谁倒霉！"我忽然觉得自己也小气量了，还在为早上事情计较。但从王国鹏这里了解到，村子里的人包括苗族人，是极其看不起高家的。

　　我话题一转，问王国鹏两个儿子上学的事。王国鹏说，他两儿子大的十岁上三年级，小的六岁上二年级，就在易武小学和这里孩子一起上学。我看见这会儿，两个孩子推着一辆崭新的儿童山地车在狭窄石路上玩，觉得王国鹏再怎么难，也要让自己孩子与这里孩子一样。这些农民期待着归属感，虽说难以理喻，但这是一种情感和尊严要求上的平等。农民所期待的平等和有归属感其实并没有错，它是一种起码的社会道德尊重。

　　这里的苗族人承包着易武的每一户，根据家境来决定价钱，当然谁都愿意给有钱的做活计。每年的2～8月是易武最忙的季节，都是山坡茶园的活，而冬天的气温也如同内地的春天。农人们基本是上山砍柴打猪草采山菜。我问这窝棚的占地是否要租金，他说怎么可能不要？这里的人都是多年的茶商，精明得要命，把什么都当钱来用，恨不得一枚茶叶也要卖一块钱。他们一家来这里已有三年了，平时自己种点儿菜，街上的菜实在太贵。王国鹏家养了三十多只鸡和两头猪，粮食需要自己购买。

　　王国鹏说他们还算是时间短的，有的苗族人来这里有二十多年了，生活依然没什么改变，住了二十多年的竹窝棚。他家在红河是草医世家，假若不来这里，他也许会成为草医，那边的草医挣钱不容易就来了易武给人家打工。他父母七十多岁了，哥们四个，他是老小。他的大哥王国富是当地县城很有名气的草医，主治肾水肿、肝硬化等，当地的人都是慕名就医，周边的四川人、贵州人、老挝人和越南人也来治过病。他家种植一种药材，这种药叫"重（Chong）楼"，专治浮水、骨质增生、气管炎等病，效果不错。他家现有四亩地用于种植重楼。说着王国鹏领我来到猪圈外的一小片山地，用镢头刨出一块类似生姜的根状药材给我看，由于缺水，药根干枯。他大方地把这一块送我，我说谢谢了还是留下吧我要它也没什么用。他又把那块药根埋进土里。我问他用不用浇水，他说平时也浇一点儿，土壤保湿。我又问他这药材有多高收入，他说这种药材知道它药性的人很少，如果这种药能打到内地市场，四亩地一年就能收入五十万元，相当可观。

　　我提出要给王国鹏一家拍个"全家福"，并承诺要给他洗出寄来。他很高兴，说从没照过"全家福"呢。他妻子马上进屋梳妆打扮，他喊正在玩耍的两个儿子过来照相。在他妻子打扮的工夫，我问他在这儿生活是否习惯，

◎ 从红河州来的苗族
姐妹

◎ 从红河州来的苗族
王国鹏一家

他说已习惯了，除了干茶园活外，也上山砍柴打猪草采野菜养猪养鸡鸭种点儿菜，生活还算可以。他说本地人都有钱，这些年易武古茶打出了名气，卖得好，但对苗族人却是苛刻。

今天若不是与王国鹏聊天，真不知道这样一个茶山寨子，还分富人和穷人两个阶层，还有贵贱之分。想起昨天山上八十多岁的苗族老人给段家采茶就能证明。这两天我所看到的当地人住石屋小楼，苗族人却住竹窝棚，甚至在这里二十多年的也是生活没有任何改变。但是，当地原住民很擅伪装。想起偶然间我看见他们所住的小石屋子四合院内停着奥迪或者小巴车，以及有的还有大平板电视就不足为奇了。这里的空气好，茶山又是自己家的，富人们在这儿过着不劳而获的悠闲的日子，何必要去大都市呢？

157

王国鹏的妻子精心打扮好长时间才出来，苗家服饰实在是漂亮：短裙，绣花的上衣束带，红蓝黑的搭配。让这个刚刚还是普通妇女的苗家女，转眼间变得光彩照人。我看到他的妻子还洗了脸，施了淡妆，涂了口红，阳光下很是鲜润。

这会儿的光线适宜拍照，我测了下光，就让一家人在窝棚前照相：背后是从屋顶冒出的大榕树的树冠，再后面是山谷。照相时大黑狗好奇地在身边跑来跑去，王国鹏踢了狗一脚。我说，就让小儿子抱着黑狗照吧，这样生活气息更浓一些。小儿子马上高兴地把黑狗儿抱起来。王妻说，黑狗儿也是我们的家人啊。开始时，一家人有些拘谨，我就伸出一只手连声喊着茄子茄子，两个孩子配合，表情也自然，我连拍了几张，看样片有两三张不错，说包括昨天给孩子照的一同洗出给他们寄来，我要了地址，王国鹏把红河州金平县营盘乡他弟弟张小平的地址给了我，说就寄到那里吧，寄这里没法收到，我们不是这里的人。我记下他弟弟的地址，但没有邮编，后来回京我寄照片时在网上查到了邮编。

给王国鹏一家拍完照后我往中心小学走，然后下坡进入新街，在那里迎老驴。下面老街，一个七八岁的小女孩站在路中间正在给坐在门前的母亲用手机拍照。小女孩的母亲着苗妆，戴苗女头帽。我等女孩照完相再过。女孩照完相，飞跑向母亲，母女俩在看手机上的照片。我看这对母女很漂亮，就说我来给你们照一张吧？那母亲听不太懂，女儿就向她母亲转述我的话，于是母女俩摆好姿势让我拍照。我把相机固定在独脚架上，一手握着把杆，一手揿动快门。用连拍档迅速拍完，又见另一着苗妆的年轻女人从屋子里出来。我赶忙叫她一起拍照，她也听不懂，这边的女孩便大声用云南话"翻译"，她明白了，回头叫她两个儿子，两个小男孩从屋里跑了出来。

这两个女人是亲姐妹，我让两家一起照合照，说洗出后给她们寄来。我让两个女人领着三个孩子站在路边，背景是寨子，三个孩子嬉笑着伸出手呈V形，母亲们却是紧张得不自然，我只得用连拍快速挡，一边表现不经意与她们说话，问她们是不是红河州的，是红河州哪里的人，她们说是金平人，在这里已有十多年了。气氛融洽了，拍摄起来很顺利，我一边不停地揿动快门一边灵动地伸出大拇指夸赞她们的衣裳服饰漂亮、表情自然。当然，这种夸赞有点儿多余。就像小学老师为学生批改作业时说的鼓励的话。但明显地，这些个女人喜欢听有人评赞她们的衣裳漂亮。拍完合照，又给姐妹俩拍，这次她们有了经验，不需要我说那么多就很自然，拍摄很顺利。

我掏出小本子向她们要地址，二姐妹面面相觑，俩孩子争着大声给他们的母亲"翻译"，他们的母亲们终于听得懂了，但也说不出来具体地址。我想起王泽平给过我地址，就翻到那一页给她们念，问寄到这里可否能收到。二姐妹说也不知道能否收到，因为她们从来就不写信，也没有信函。我问她们的名字，她们说了我却听不明白。姐姐就说干脆就给老公寄来吧，女孩就大声说出她爸爸名叫马进华，寨子的人都认得她爸爸。

这次意外的拍照，倒是给我的易武山之行留下了亮点：这两位穿着粗棉织绣布料短裙、布鞋绑腿、挽着发髻、有如中世纪装束的苗家妇女，她们在山里是一个难得的素材。这个寨子，我还没有看见过傣族人、瑶族人、哈尼族人和彝族人穿少数民族服饰，倒是这些从红河州来的苗族人，平时喜穿民族服装戴民族的头饰，就已然表现明显差异。苗族老年人是现代文明的拒绝者，也影响年轻一代。但在这里，他们却表现出了明显的自强自立和精神上的差异性。他们在生活上虽然不如原住民，但精神上绝然无法与当地人融合，他们相信勤劳要比安逸更有尊严。这是我从这些苗族人身上感受得到的。

当然，我不是人类学家，无法更深去了解这里所存在的"阶层"差异。我关心的，是如何更多拍摄他们的生活本态。本是要了解原住民的生活，而易武山老城庞大的红河苗族人却无意中成了我的摄影题材，也无意中让我了解到她们的生存状态。这当然求之不得。这些苗族妇女，她们配以风景才成其为自然与人的结合，这种片子最能出效果。我拍摄她们，一方面是为了更多地获得一份民族文化，另一方面我答应给人家寄照片是因为我觉得我所得到的影像资料已远远超过我的付出，当是必然的感谢。这在我行走云南多个地方是屡试不爽的效果，尽管他们心存疑问，可能在内心判断我到底能不能给他们寄照片，或者说我的承诺是否空头支票。对于他们来说也不管那么多了，反正照张相也没什么了不起。对我来说，却从这行摄中，找到了无限乐趣，以及被人信任的快乐。

我发现我在拍摄照片时，有着远比文字更能让人兴奋起来的煽动力。我甚至想，在一个边缘得被人遗忘的群体部落里，当一个义务照相师傅，比在某种官场为那些台上作报告装腔作势台下干着见不得人勾当的达官权贵们拍

⊙ 织绣的苗家女人

照要舒心得多快乐得多情愿得多，而且更能为我的创作带来灵感。有时我写文章忘了什么，一打开电脑看照片，就立即想起照片上的故事。那凝固了的光阴和值得回忆的生活情境，就在眼前闪现。

告别苗家姐妹和孩子，向新街走去。老驴来了信息，已到岔路口，正在等车。赶紧加快步子，在一家小餐馆前站定，一个正摘鱼腥草的小伙子问我是否等车说这里不停车。我感谢他好意的提醒，告诉他我在等从岔路口下来的朋友。小伙子告诉我说，岔路口离这里只有五公里，一般情况下坐摩托十分钟就到。小伙说的和老驴说的八公里不符。那里的过路小面包和摩托车很多的，小伙子又说。并拿出一个小凳子让我坐，他称我为"老板"，我也不作解释，就当老板吧。我问小伙子是不是本地人，他说他其实是红河州的苗族人。看来王国鹏所说的红河州以村子为整体来这里不是虚话，大概这里的苗族人占据了一半还不止。小伙子说他父亲来多少年记不得了，只知道他在这里出生的，先前帮助这里的一家茶厂推销茶叶，还说他曾经去过东北的长春推销过普洱茶。这几年茶生意不好做，就在这里开饭店。

正聊着天，一辆摩托风驰电掣奔了过来，引擎达达轰响，我看见一个戴钢盔的人后面载着一个身穿军绿户外服背着黑包的人，后面还有个箱子绑在座上。"老驴！"我大喊。车子停下，老驴满脸灰尘从摩托上下来，掏十元钱给司机。然后卸下箱包，我帮他拖箱，时间正值正午，刚刚段家老太打来电话问是否在她家吃饭我回绝说朋友未到。我对老驴说在哪儿吃午餐？老驴说随便吃点儿吧。就在街上小餐馆一人吃了碗花生米干。

老驴拿出哀牢山的咸鸭蛋和火腿肠来吃。饭后往老街走，老驴的包很重。因为是石头路，拖不动就拎着走，一会儿胳膊就有些酸，再换另一边。路上我再度反省自己的小气量，因为我实在无法控制自己向一个人诉说这两天来的心情，重中之重就是在高家发生的不快。"怎么会这样，难道云南某些地方也有这号人？"我慨叹。而当我做了回冤大头不能释然时，就想到还不如去主动资助那些需要帮助的人，在一些穷人真正需要我的时候，我却表现出了小气。比如那次在西盟岳宋寨看到的穷人，那次自己很吝啬，不能更多些捐赠或施舍生活艰难的人。也许在我看来不多的钱，在他们眼里却是生活所急需。

老驴以简单的回答轻然化解了我的烦恼："哪儿都有刁民，这也是一种经历啊。"事实上大多农人是好的，他们勤劳、诚实、本分，通过劳动诚实致富，从而获得尊严。高家是汉族人，汉族人就是要比少数民族奸诈，是少数中的少数，不必往心里去。

一路老街石路，斑驳不平艰涩，老驴有些累，我气喘吁吁。到了段家，段老头和儿子已将我们原来的房间调到了东屋子，更为干净些，放下行囊，老驴看太阳正炽，就把被褥拿出来挂在晾衣绳上晒晒。这时段老太刚好做好菜和饭，问我们吃过否，我对她说吃过了。就坐在门前的条凳上喝茶看山景，中午太阳直照着，山林透出青黛色。旁边有人正在盖房子，青色砖瓦透出仿古的味道。老驴问段家老太这是谁在盖房子？段老太说这块地原是她家的，上下的两块地都是，这个深圳老板来这里进茶，看中了这两块地儿，就卖给他了。老驴问多少钱？段老太说二十二万连同原来的老宅子。老驴说太划算了！深圳大老板绝对赚了一把。把这里当作一个山里庄园，每年来这里住段日子养生不错的。

我问段老太这么好的地卖了岂不可惜，段老太说不可惜，我们要那么多地那么多房子干什么？这地还是多年前买的呢。段老太说他老头段光强当了三十年的村长，曾和高义平一块儿当，高义平当了三年就被拿了下来，他老头段光强可是群众投票选举出来的。"干了三十多年，没人可比我们老段！"段老太自豪地说。现在段光强七十多岁了，就退下来不干了。这么多的房子和地，定然是当村长时占的。我想这么问，但没说出口。

我看见深圳老板盖的房子已经上梁，穿着部队迷彩装的几个工人正刷着白墙。这边段家院子的棚子里，几个村人和妇女来了，两张麻将桌，一桌男人一桌女人开战。我和老驴边聊天边看山景，我问老驴想不想去看茶马古道起点的大榕树，老驴说他感觉这里的空气真是纯净，阳光也异常纯净，慢慢歇歇晒晒再去。

段家老太不失时机地开始向我推销她家的茶叶，她从屋子里拿出半口袋晒青生茶给我看，说是山上大树茶炒过了的晒青，品质绝好，是今年一月份的春茶。我和老驴各用杯子沏了一点儿品尝，这茶不错，叶子比较整、均称，无破损叶也无杂色，味道回甘，只是晒青过了点儿，水分失去的有些多了。段老太妹妹拿来秤称了三斤半。段老太说一百五十元一斤。去掉袋子重，就算三斤四百五十元，我犹豫了一下，但还是决定要了。这三斤散生茶若是压成饼子，应该是四个，如真是易武茶，就很划算。段老太说这茶绝对是无污染无化肥的生态茶，她家的茶从不刻意拿出去卖。遇到爱茶人还是要卖些，只要价钱给得合适，并说刮风寨那边像这样的茶要卖到六百元一斤，还不能保证质量，好多都是从外面拉回来的坝茶充当易武山茶，特别是压成了饼子的茶，掺入了多少外来的茶叶，更是没准儿。

这边段老太絮絮叨叨，那边一个女人也走过来对我说这茶真的划算，买了不会亏的。我让段老太给我找个纸箱子，因为茶很干，怕放袋子里弄碎了。段老太将茶放在我们的房间。我和老驴又继续聊天喝茶看山景，阳光很晒，清风入怀，感觉很惬意。

聊得累，老驴说困得不行要躺一会儿，便回到屋厅躺沙发睡了一觉。老驴醒后已是下午四点多钟了。这一觉睡得真美，缓过劲儿来了，刚才差点晕过去。老驴说。我建议去大榕树看茶马古道，熟路熟道儿领老驴来到那个空旷的场地。坡上就是大榕树。抬眼一看，美景出现了：两个身着靛染轻装的苗女正在坡上的大树下刺绣苗锦。赶紧拍照。

王国鹏家的两个孩子跑过来，身后跟着黑狗黄狗，一个五六岁小女孩和一个三岁小女孩，在后面追着狗儿。孩子永远是镜头里的尤物，更是纯净自然与纯净心灵的比衬，孩子会让自然美境充满灵性和鲜润。有时我非常喜欢孩

子，是因为他们不做作、心灵纯洁。当天真与天趣在一起时，就成了摄影人的最佳审美。这个时间也是最好的，夕阳渐深，拍摄效果愈来愈好：大榕树。古道。土路。苗女。毛竹。草色。芭蕉。远近山林。竹篁。黑、黄狗儿。小小孩子。皆是那般的协调有层次，丰富着画面，使画面呈现诗意的油画效果。

我不停揿动快门，有的画面甚至用连拍，以求最佳的效果。两苗女低头躲避镜头，有时也抬头看这边一眼。孩子们在身边跑来跑去，追逐疯闹，一会儿在草地上滚着，一会儿又爬上高高的大榕树扮着鬼脸儿。那两个小女孩对老驴的摄像机发生了兴趣。老驴用三脚架架着摄像机，任由孩子们在镜前耍尽了怪态。他开心地笑着，还把画面回放给孩子们看。笑得孩子前仰后合。我深受感染。太阳西斜，转眼间山遮树挡，光泽仍照彻林间，让山更显幽邃、神秘……这"美女蛇的山"到底有多少故事让我回味它的美好呢？

该是收工的时候了，又见背篼儿竹篓扛柴火采茶的农人踏悠悠鸟鸣归来。我举相机拍照，他们微笑并不反对，让我感受到一种友好的乡情之美。太阳终于落山，和老驴回到段家。感觉有些冷，就穿上长裤披上冲锋衣到新城吃饭。新城仅有的几家饭店开张得不多，有的几乎无客，早早打烊。

吃完饭，天大黑，月亮还没升起。走老城古道，和老驴不约而同打开袖珍手电筒照路。我对老驴说，电筒照路，这是童年才有的感受啊。

第十六章

鹰和雷电谁更快

昔日的"马锅头"离开了人世，
活着的赶马客已经变老；
一些人换掉了房子，
另一些人将房子变卖。
还有一些人搬到了州府、省城或者更遥远的城市，
不再留恋这遥远的边境山寨。

　　凌晨三点，我忽然醒了。老驴也难入眠。他说白天的茶喝多了。我们便开始聊天：聊童年时代与今天的自然状态对比，聊自然行走与现实的栖居环境，聊这个世界的创建与毁灭，聊不同的人对生活的不同态度……这最后的问题让老驴想起刚遇到的事情——

　　那天他在江城忽然看见一个"皖"字车牌号，是一户小面包车挂着"装修防水"的牌子，从遥远的安徽一直开到云南江城，一对年轻小夫妻带着不满三岁的孩子，车开到哪儿就在哪儿驻扎，有如印度电影《大篷车》的流浪者一样，小车和各个县成了他们流浪的家。当然车厢已进行了一番改造：撤掉后排座，放置一张三人睡的床榻，床榻下放做饭吃饭的锅铲碗筷、水桶、煤气罐、洗漱等生活用具，还有做装修防水用的铁桶、小铲子、刮子等各种工具。这样一个小面包车竟然能囊括或容纳大量劳动工具和生活之必需品，人还

◎ 易武老房子与新瓦房

得在里面睡觉休息。经过多天的艰苦行程，他们终于到达了云南。

那天这对夫妻带着孩子在江城广场东面的河边支灶煮饭炒菜，老驴走过去与之攀谈，当了解到他们出发了两个多月来到这里时，感动得老驴真想请那对夫妻吃顿饭。"哪里有活计他们就在哪里干，干完了就走。白天找活，晚上开车走到哪儿就在哪儿住下，当然是住在车里。"老驴说要不是在云南江城见到这样的车，他真不敢相信竟然有这样拉着"全部家当"、浪迹天涯四海为家的家庭。那情形让他心酸得落泪。尤其是看到幼小孩子，也跟着大人千里迢迢到处流浪。孩子的童年所经历的，不是幼儿园教育，也不是故乡安逸的田园本态，竟然是这样流浪颠沛的生活！冷了热了大病小病都得注意，时有可能出现，诸多不便是常人无法体会的。这与城市那些养尊处优的孩子完全不同。

中国社会之阶层愈来愈显得明显，也愈来愈呈现不公平的巨大差异。主要的并不是命运，而是国家对于底层民众利益的承诺是否真正兑现。民不聊生与自生自灭，在当下不乏鲜见。农民失去了土地，无地可耕，无地可种。到城里来，又不得不做小买卖，还得藏着躲着城管部门对他们的驱赶，过着居无定所的日子。

当下家庭，儿女的衣着，反射出家庭的面貌，做父母合格不合格，体面不体面，完全看孩子教育程度，如此，生活之艰巨就压在了父母身上。儿女的生活是在父母影响下朝着某个方向发展的，但是让他们成人之后，就去自己挣钱养活自己，这可能吗？中国很大，但不能成为社会发展不正常的借口。当正常态演变为"病常态"时，就十分危险。如那些为了致富全村子出动的"集体乞讨者"。当然，这样的劳动者与集体乞讨者完全不同。现在的劳动者，对于社会整体的利益的调整，完全是持怀疑态度的。他们不再相信当地的政府，只有自己，才能解决饭碗问题；只有自己以不同寻常的求生方式，去解决生活的艰困。

我有时注意到这样的现象：一方面是大肆挥霍富庶的自然资源以获取资本积累，而这些资本积累到底有多少成为国家的经济命脉？一方面又号召民众脱贫致富，计划经济时代过去了，国家实际进入了权贵垄断集团之家族式经济独体。人是最现实的，中国老百姓之所以可敬可爱，他们其实只懂得如何养活自己，只要自己能够维持基本的生活保障就足矣。经济的发展，其实并不是以盲目破坏自己赖以生存的自然环境来求得的发展，应是循规蹈矩循序渐进不违自然的发展。

富人的伪精神生活被当做一种特权炫耀，特别是那些华而不实的大型晚会，要浪费多少银子？据说云南一个贫困县耗资千万承办一场大型晚会，这种与当地境况背离的行为让诸多人感到愤慨。国家经济很大程度上，是以牺牲自然资源为代价求得"发展"的。比如山西的大小煤矿，我始终想不通，这是国家的自然资源，为什么由个体煤老板来开采？谁同意你开采？同意者本身有没有利益？好端端的大地遭到了破坏。自然资源不能复生，这个代价谁负责？这些煤老板又拿这钱炒房子，大量购买囤积再高价卖出，搞乱了国家

到一朵云上找一座山

◉ 大榕树下的易武老街

经济。

　　一切都得改变！就得从大的方向上改变。行使权力与监督权力，是同等的。而不改变只有愈来愈糟糕。我在中老边境看到的生态环境让我想起了小时候家乡山谷的自然生态，现在中国大部分地区已经完全没有了那美好的自然生态，这才刚刚过去了几十年，我们对后人如何交代？梭罗说："当我看到春天的景象，我以为自己拥有一本完整的诗集，然而，当我知道手中的诗集其实是残缺不全的，我感受到极度的痛苦与懊恼，因为，我的祖先已经把诗集前面几页，以及诗集当中最精彩的片断撕毁了。"这样的感慨相信每一个生态环保主义者都有切肤的体验。这让我想起多年前，我与云南省政府机关的一位官员吃饭辩论怒江水坝该不该建时，那位"挺坝者"高谈什么"人民生活总得要改善"、"云南要发展"等等一些官话就让我非常恶心。从那以后，我再也不与这些官场蛀虫打交道了。

167

和老驴你一句我一句聊着，记不清都聊些什么。两个老愤青，在一个大早聊的话题，足比那些不痛不痒的人大代表每年提交的雷人议案要实际得多。

　　好像我们也成了忧患的梭罗了，神情疲顿话天下，天下也是疲顿的。

　　再睡时已五点多钟了。老驴鼾声震屋，一觉到八点钟。这个地区是中国最西南，天亮得晚，太阳落山也晚。出门，见外面阴郁晦暗，浓雾弥漫。氤

⊙ 易武老街的茶马古道

⊙ 易武老街的胡同

　　氲的雨汽悄然罩裹山林。对面的屋脊、瓦檐、山墙和门楣，都似乎隐遁了形迹，只留下虚空的阴晦。对面山坡的茶田、竹篁、杜鹃树、香樟、三角枫、橡树、山核桃、山毛榉、小叶榕、大叶黄葛榕和开得正盛的攀枝花树，也都泡在了漫无边际的雾气中，只留下若连还断的轮廓曲线，这种感觉远远构成了朦朦胧胧的山野之美。这山谷深处，确实要比平原幽静得多。电线上近距离的小燕正呢喃低语。段家胖儿子早早起来，将养在笼子里的画眉鸟放出散步，那鸟儿在地上啄食主人丢下的饭粒儿，很是欢悦。一会儿那鸟儿便溜出门，与一只公鸡干起架来，鸟儿灵巧善躲避，干不过就跑到草丛里，公鸡扑空，就狠狠煽击草丛，逼迫鸟儿出来，这是以大欺小战术，有如美国攻打伊拉克，力量异常悬殊。看得老驴津津有味，用摄像机录了下来。

168　旁边筑房子的建筑工小媳妇背着孩子过来洗碗，不时抬起俊俏的脸看这

边。远山朦胧，雾气如同潮水一浪接一浪翻卷而来，与炊烟搅缠一起，有种缥缈的仙境味道。难怪易武的茶有名气，雾浸日晒，不雨而润，不润而雨，决定了茶的品质。早上雾气浸润，中午阳光普照，立体垂直气候，将茶的灵气全泡在这一浸一润一晒一晾一冷一热中了。

段家胖儿子看看远山的雾，又仰头看了看天，说："要下雨。"

⊙ 易武老街的老房子，已然不多了

⊙ 易武老街的老房子和古道

我看见墙外伸进来的树叶蒙上了一层细润的水雾，手一触，就聚成一粒水珠下落。我问老驴这雾怎么如此浓重？老驴很肯定地说："'晨雾照晴天'，今天是个大晴天。"

我心里说，看你二人谁说得准确？昨天听小张姑娘说不管晴天雨天，山上的茶树都是水灵灵的碧透欲滴，清新嫩绿。这样的气候，压出的普洱茶光洁有油性、色泽好，甘润清淡，炒或晒青，都不会失去太多养分。我一边看山景，一边吃饼干橘子。

山雾如同海浪，突然推涌而来，霎时阴风四起，树梢被吹得东倒西歪，湿气扑面。雷声隐隐响起，那是一连串推倒的墙声。一只鹰从浓重的山里飞出，似乎要与雷电比赛谁最快。隆隆的声音过后，簌簌雨点儿洒了下来，地面一片水汽。段家胖儿子已将最后的一个茶箅拿进了屋里，那个洗碗的小

169

到一朵云上**找**一座山

媳妇一溜儿小跑，端着水盆跑回屋子。我收回晾晒的袜子和毛巾。雨点儿噼噼啪啪砸着，把地上的鸡盆砸得当当咣咣响。刚才还在想是老驴说得对还是段家儿子说得对，转眼间答案就来了：老天把老驴的民间定理推翻。

　　看来，人算不如天算。自然的变幻是人无法预想的，这就是人在自然面前的无能。山林转眼被裹缠在大雨里，近处下面的屋檐上，大雨击打溅起的水汽宛若有人持镐刨冰迸发的冰沫儿，喷出无数水汽水沫儿。瞬间院子水泥地面的水开始流淌，铁栅外的河沟水流潺潺。我听见漫山树的舞动。有如一群孩童从梦中醒来时的骚动。我看看手机时间，在小本子上写："2012年2月19日早九点十九分，狂雨如注，易武笼罩在一片浑沌中。"

　　我对老驴说，这雨来得好快，也是云南的及时雨啊！段家胖儿子说，我们这里下雨是经常的，只要是"浓雾带风"，就肯定下雨。别的地方还不一定下呢。

　　豪雨如注。面前的绿搅得如同油画的粗线条。我不时看时间：整整下了十六分钟。九点三十分，雨停。这十六分钟豪雨，对于一个多月没有下雨的易武山来说，是多么得及时！雨不下了，转瞬零星小雨。阳光出来了，照着山林，空气沁爽。九点五十五分，天空再次晦暗起来，山岭之上的大雾再次旋起浩大的浪头推涌而至，轻抓一把，手心湿漉漉的。再过一会儿，大雾把我泡在了其中，眼前陷入迷茫。怎么感觉自己就成了一枚茶叶在一个巨大的杯子里上下浮动？雨雾，雨雾，似乎更浓更什么也看不见了。雾水带着浓郁的山林气息覆盖周遭的一切。雾里迸溅雨点儿，老天好像依然没有尽兴，不时飞扬点点细雨。

这时段老太和她六十多岁的妹妹打着伞背着一篾子蔬菜回来了，她昨晚去十几公里外的女儿家了，她女儿脚扭伤了，这几天她一有空儿就去伺候女儿，刚刚在村口的大树下避雨。两个老太太一蹦一跳冲进了家，拿毛巾擦脸上的雨水。段老太说昨晚没在家就没给做饭。问我在哪儿吃的，我说在街上吃的。她问我这里的环境怎样，我说是个非常好的养生之地。我把茶钱给了她，她很高兴，说正好手头没钱了，这钱来得真是及时。

"树带沧浪色，山横一抹青。"眼前风景，世上波涛。这个地方真的十分适合休养。坐门前，看山看雨看雾，非常不错的人生享受。雨后山野，满天满地透出淡淡清凉，万籁沉寂在辽阔的静谧中。老驴已入禅境，眯缝眼睛，享受般大口吸纳湿润空气。段家胖儿子一早放出来的画眉，这时玩累了跳跳蹦蹦回来了。他说，这画眉聪明得很，会讨好人，招人喜爱；脾气也大，若不高兴可以一上午不回家。他伸出手，那画眉鸟儿跳到了他手上，他便转动手指，鸟儿从这个指尖跳到另一个指尖，不停啄他手指，边啄边闪着圆溜溜的眼睛看着周围。玩够了，主人便把它送到笼子前，小鸟儿振翅一飞，准确钻进笼子。

"刚才下大雨这鸟儿在哪里？"我问。"它比我们有办法，它在树上避雨呢。"是啊，那硕大的树叶就是鸟儿最好的遮雨伞。易武大山是众鸟的天堂，我无法说清这易武山里有多少种鸟儿，鸟儿生存能力极强。我所忧的是：人对森林的态度决定了对

171

鸟儿的态度。

临近中午，段老太和妹妹在厨房烧菜，青蔬煮咸肉、辣子炒豆腐、清蒸四季豆等，让我们在她家吃，我问老驴是否在她家吃？老驴说人家既然做了咱们的份儿就吃吧。于是就与段家老汉、俩老太太一起吃，边吃边聊天。饭后我和老驴准备上山。这时候，有人来了，是那个古铜色脸的歪嘴瘦老汉。老汉恍若老侠，一进门就低声嘀咕"我来了我来了"。

段老太向我们介绍说这位是老乡长，八十多了，村里的人都很敬重他。老乡长身穿蓝布中山装，黑布裤子，趿拉着圆口黑布鞋，花白浓密的头发剃成了平头板寸，身板拔得直，精神矍铄，我猜想他年轻时一定当过兵，或者是个年轻力壮一副好身手的马锅头。

老乡长年老但思维敏捷，反应灵活。昨天我曾在他家门前看见他和另一位七十多岁的老汉下象棋，棋盘上棋子寥寥，看来酣斗多时。最后，老乡长有如神助，车落底马蹩脚小卒拱直道，几步就把那位老汉下输了。我在他们身边站着看了好一阵子。老乡长棋风老辣，出手果决，把棋子摔得啪啪响。赢了哈哈一笑，向站在一旁的我好像训导地说了句："要出其不意，一举歼灭！"我乐得不行，顺着他赞了几句。老乡长古铜色脸绽开了的褶皱条条放光。我细看老乡长，脸颊有一道长疤，连向嘴角，从而使嘴歪向一边。

段老太的妹妹是纳么田村人，六十多岁，进厨房给老乡长沏了杯茶，递给老乡长。老乡长不失幽默地打趣道："美女给我的茶我喝。"说得段老太妹妹笑逐颜开。老乡长说："女人的恩赐必须接受嘛，否则不尊重人家。"段老太妹妹拍打了老乡长一下，说："美嘛美嘛。"我理解这"美嘛美嘛"的意思是你说的话我好高兴。

在云南，老人之间的对话很有趣，从一些话语里能读出他们的平静与淡然。段老太妹妹拽了下老乡长："坐嘛坐嘛。"老乡长高兴得脸抽动着，眼睛眯成了一条缝儿，"你坐我就坐。"老太太坐下了，老乡长也坐下来，一边坐下一边用屁股挤了挤女人作亲昵状。整个一个老顽童！老乡长看了看我又看了看老驴，好像认出了其中一个是昨天看他下棋的，像是对我又像是对老驴说："你们城里大老板嘛，城里有女人，在这山里再找一个黄花大闺女。山里春暖花开，山清水秀，空气新鲜，你们呆够了就来这里过活，生个娃娃，哈哈，多好嘛！"说得身旁老太太大笑，用手戳着老乡长的肩，说：

"八十四了！"

感受到老乡长童心未泯，我说："等我们到了八十四，还不定啥样儿呢？肯定不如您呢。您身子骨和头脑都好，下棋总是赢！"老乡长听有人夸他，哈哈一笑谦虚说："也不总赢，有时也输。不过年轻人嘛，要多干活，别让身骨闲着，要多出汗，才能长寿呢。"

段老太告诉我：老乡长不容易，他妻子早年触电身亡，他一直没再娶。独身至今，整天爬爬山砍砍柴下下棋，倒也自在。我立即肃然起敬：老乡长一定有故事，而且是惊天动地的故事，他晚年在这个山里安居也是他慰藉生命中经历过的某种不能释然的事情。我看他的心态和外表，虽喜逗乐子，内心却孤苦。如果能了解他的故事就好了。

老乡长的沧桑就是易武的沧桑：昔日的"马锅头"离开了人世，活着的赶马客已经变老；一些人换掉了房子，另一些人将房子变卖；还有一些人搬到了州府、省城或者更遥远城市，不再留恋这遥远的边境山寨。易武熙攘的商客，已成历史的背影。仅存的也只是一点儿历史的片断。现世的烟火，早将历史变得面目全非。这是一种变化，被时光之剑搏杀的改变：由喧嚣到沉寂，由沉寂到回忆，由回忆到消失，最后一声不响烟消云散。我刚来时，不也羡慕拥有茶园子和老宅子的农家吗？可真的让我与世隔绝，在这儿住一段，我是否能坚持？日子久了，习惯城里衣食无忧的我，会不会萌出许多厌烦来？

天庭之上，
一道宽大的雨雾横冲过来。
来不及躲闪大雨如箭，
兜头砸下，
两人赶紧飞跑。
再看身后山那边，
却是无雨的晴空。

午后与老驴去对面的山茶坡地。老乡长告诉我们说山那边原始
生态相当好，他从小到大，已爬遍了这里所有的山，让我们一定要去
看看。登临山坡，漫坡茶树油绿湿润，上午的一场雨让茶地山坡又添
新绿，一些樟树的落叶像被剥下来的碎皮，柔软地卧在泥土里。

沿羊肠山道逶迤而攀，多株大茶树及野生茶树嫩叶萌发，色
泽剔透，富有质感。沿茶山往上是蓊郁的森林。树木遮住阳光，坡
地潮湿，几株大榕根脉延伸到杂树丛，脚踩其上，如踏大蟒脊背。
独脚架派上了用场，扒开树叶，见厚堆的枯叶下，水湿泥泞。我对
老驴说，若是雨季，这里绝无人敢走！厚树叶下的虫豸就会吓人半
死，更不用说蚂蟥了。土壤湿度能让这个地区的水源丰富。有大榕树
的地方定然水源充足。尽管榕树在云南到处都是，却大不如前。峡
谷生态的考察，离不开原始树种。但式微的环境，以及逐渐失去养

⊙ 从红河州来的苗族人依然住着竹棚子

分的大地，却让诸多物种消失。今天一座山森林覆盖率保持70%已经相当不错了。

不管怎么说，森林对人居意义重大，谁都没有理由破坏它。我和老驴突然发现这山坡一些大树被人用斧头绕根一周砍成沟槽，促其"速死"，从而有了砍伐的理由。这是农人的狡黠。这样死去的树在这山坡很多。这种"阴谋迫害"行径，仅仅为了劈成柴当柴烧或用于炒茶之用？被砍伐的树躯附上了绒绒树苔，这树绝然是长了几十年或百年！

我明白了一度曾被誉"绿色植物王国"的西双版纳，现在为何再看不到四处鲜润生机勃勃景象的缘由了。对于漠视环境的主要原因，其一是地区政府部门不作为；其二是地区百姓的无知和贪婪。先哲孟子早就说过："不违农时，谷不可胜食也。数罟不入洿池，鱼鳖不可胜食也。斧斤以时入山林，材木不可胜用也。"孟子的话有科学指导性。问题是，我们现在每时每刻都在砍树，前人栽树后人砍。当然如我唯美主义者，不希望看到缺了点什么的山林，尤其是在发现了问题以后，不能不发表一下自己的看法。

这方面，老驴同我一样，有深切的感慨。我们2001年和2004年行走怒江大峡谷和翻越高黎贡山时，就曾看到一辆又一辆"大解放"卡车进山拉巨大的柚木和松木的情形，我在《行走怒江大峡谷》和《翻越高黎贡山》两部作品中都有所提到。对于这种由政府和权贵勾结操纵的砍伐行为，给予了严厉的批判。老驴说他看过一个资料：中国一些山区，每年要损失林木几百亩！云南的一些农人，从前因为要采到一棵古茶树上的茶叶而将生长了千年的古茶树砍了，其愚蠢无知到了不惜毁灭自然的暴虐地步。

和老驴在山坡慢慢走。这幽静的深山，滥砍森林现象相当严重。我判断农人的占山为王心态。偶然就会看到被砍伐的大树躺于山坡，待树枝脆裂再来以锯断之。更甚的是，有人直接以手提充电"摩托锯"，三两下就会锯倒一棵碗口粗的树，然后再碎成若干小截，用大竹筐背回当柴烧。我看见山坡上时不时就会出现戳立的树桩子，凄惨悲凉。我想把这些照片给西双版纳政府林业部门寄去，让他们看看他们一天都在忙些什么干些什么？一个生态环境优美的西双版纳，在他们的不作为下成了什么样子？我愤愤说。

但一想到景洪的脏乱差，就怀疑那些官员是否能重视这滥砍森林的行为，又有些踌躇。山坡地又湿又滑，早晨的大雨在山林里仍呈显它的痕迹，枯枝败叶变得柔软，每步都艰难，我的裤子粘满泥和草籽儿。山坡陡度骤然加大，使每走一步都需借助身边的灌木，手拉树条引体而上。老驴有爬山经验，我沿着他踏的脚印走，遇到大树就扳住攀上。大口吸气，负氧离子涌进腹腔，清沁怡人。沉积的树叶很厚，加之刚刚下过雨，我几次险些滑倒。老驴也想放弃再向上的念头。就在我们决定沿原路返回山下茶园时，突然觉得脸上被光照亮。猛抬头看见头顶森林出现明亮罅隙，从那里漏出了一线阳光。光线旋转，照着树枝。我对老驴说：上面不高处就是山顶了，上去吧！老驴点头，继续在前面探路，又遇一株硕大榕树。过此树再向上，出现了缓坡，有牛粪的气味，估计已是到山脊。再上坡，果然寻到一个小隙山道，顺山道蛇行，直通山下，再下去就到了一条宽宽的土路。上面有牛踏过的蹄痕和柴车辙迹，土路依然湿滑，黄泥巴沾在鞋上，几次以树棍剥除，又很快沾满了。站在土路，有些踌躇，到底是继续向深山里走还是返回？我辨了辨方向，感觉应该再到里面看看。

　　缘山道继续向山里走。北面之北就是老挝边境。果然愈走愈深，林稠草密，沟壑丛生。再行百米，脚下碎叶愈来愈多，大草丛丛，灌木片片。再行数百步，蓦然看见三株令人叹为观止的大榕横在面前！这一瞬，我有如电影《阿凡达》的主角，进入了一个高深浓密的"悬浮山"中，在大树荫遮下四处张惶行走。巨树。草丛。透过大树见山岩如大墟巨堞耸立。山谷湿气汹涌澎湃。一群不知名的小鸟儿，箭一样从身边的树丛和草尖掠过。鸟儿带走了山的滞重，让山生动起来，也让幽古的沉寂挟带隽永的大云，徜徉深谷。那些树根，犹似狂野疾窜的小兽，毛茸茸窜进草丛。棘草藤蔓，缠绕枝上，恍如绳索搅杀不休，满树叶子泊向阳光。这三株大榕，为深山壑谷增加了一种潺潺湍急的风云之感。好美！恍如回到了时光长河的源头生命的初年。我在内心由衷赞道。我在高大的树下一如小虫在草丛里。因此，人在自然面前，最好永远都是谦逊才好。梭罗《瓦尔登湖》结束语里这样说："……这时我禁不住想起我们更伟大的施恩者，大智慧者，他也在俯视着我们这些宛如虫豸的人。"而我所见到的热带雨林其实很有限。如眼前这般仍保持着自然状态的森林更是不多。高黎贡山铜壁关榕树王、西双版纳打洛江独树成林、德宏州盈江允燕佛塔附近的榕树群等，都属于边境上的树王。这些树王，就像固守边地的大将军，长年驻留那里，令边境充满了传奇色彩。易武的山谷雨林是亚热带雨林，它与西双版纳的雨林谷是一样的，树木花草是遵循植物的"生存层群"

⊙ 易武古建筑

◎ 易武山上的千年古树

来分布的：第一层群是有如龙脑番、四脚木、番龙眼、千里榄仁等，它们高达六七十米的身躯霸占了的顶端第一层空间，这些树中"大个子"，抢夺了80%以上的阳光资源。第二层群有如连生树之类的中等乔木，这些树在中途拦劫了大个子们剩余的阳光。在第二层群之下的几层生存的树木属喜阴不喜阳的低矮乔木、灌木和草本植物。第三层群则是多种伏地植物，如君子藤、蛇藤、麒麟叶等藤蔓植物，这些植物也有着独特的本事，它们攀岩走壁、绕树盘枝，天罗地网似的纵横驰骋大树的枝杈之间。那些鸟巢蕨、树叶蕨、石斛、鸟舌兰等草木，干脆就在大树的枝丫间安身，靠汲取空气中的水分和树皮的腐殖质存活生命，属于第四层群。我在原始森林里，常看见这样的景象，当这些小植物在整个森林的大树上开花时，就形成了"空中花园"壮观奇妙之景象。这几个层群的植物组成了山谷树木的群体社会。在山谷，我总会读到一些残酷的、和谐的植物王国之景象。想象着百年前的山谷，或者几十年前的山谷会是什么样子？那定然是令人心醉的巨树的天堂。

　　此时，我想破开草丛与里面的大榕合影，那阴森景象让我望而却步。就在路边照一张吧。我把相机给老驴让他拍了几张，又给他拍。人在大树下就像一只蚂蚁。

　　就在这时，令人蹊跷的天象出现了：一阵阴冷的风从树梢上腾踔而起，我看见天空里的狼群纵蹄飞奔，黑压压向这边冲来。曳风带云有如狼的长尾。"大狼"的身后，辘辘大车载着雷霆由远及近隆隆响起。天庭之上，一道宽大

的雨雾横压过来。来不及躲闪大雨如箭，兜头砸下，两人赶紧飞跑。再看身后山那边，却是无雨的晴空。这边的雷电风雨交迸飞溅。我和老驴躲在大榕树幽深的根须里，那大榕树的须根像道道坚实墙壁钳在土里，头上是枝繁叶茂的树冠，遮住了狂雨。我怕相机淋湿，就取出防水袋将相机装进去。

　　一会儿雨小了些。老驴忽然说不能在树下避雨，会遭到雷击。便和老驴起身沿原路回返。一路雷声绵延不绝，雨线不断。远处的雷声，似乎来自深谷，又像似从高山森林里悠荡而出的猛将，追赶着入犯领地的侵略者。那些风那些雷那些雨，正对着这条崎岖的山路挥洒。大雨猛下，由疏到密，再由密到疏。只要路上稍停片刻，就会全身湿透。

　　在易武大山里，若是雨季，这种状况并不鲜见，是山民们早已习惯了的天象。我看见四周山峰森然而立，大树枝叶悬垂，人在其中隐然看见翻滚的乌云。终于到了距离寨子不远的地方。继续下山，山坡茶地两个苗族女人正在采茶。她们真是辛苦！我高喊：

　　"下雨了，回家喽！"

　　女人们抬起头看了看我们，哈哈一笑："没事的。"又继续伏下身子采茶。雨点儿落在了她们身上，平静淡定，倒让呼喊者羞惭起来。途中雷一阵雨一阵雾一阵风一阵，我们无心观景，只加快脚步轻快下山。沿土路下坡，很快到了村头大榕树下，这时衣服已全部湿透。雨不下了，天仍是阴郁。我把衣服脱下，拧拧雨水，然后穿上，这衣服是户外速干的，风一吹就干。老

易武山被私自砍伐的古树

驴累了要回去，我说还是在这里多呆一会儿，吸吸新鲜空气。

就在茶马古道碑前拍树景。夕阳西下，山里收茶的茶农收工了。放牛归来的老汉，采挖山菜的孩子，背着篼篓的农妇，荷锄扛草的壮年……与大山一起，共同组成了一幅农事稼穑图。回到段家，站在院子里拍远山朦胧雾景，也拍屋后的古道。这两次遇雨，对于多天来行走的我来说，很是难得，也值得庆幸。这山谷的雷雨让我记住了什么？比如：大榕树，山巅的雷声，茂密的山荫道，农舍，与世隔绝般的寂寞和静谧。我看到了整座山随着阳光的大水漂泊，我看到了山在云雾里沉沦，更看到了山在雷电瞬间隐遁无形。

旁边新起的屋梁上，两三个建筑小工正在架梯干活。那个做饭的小媳妇端着一大盆碗碟到水管刷洗，一边洗一边眨着秀美的大眼睛，好奇地看我和老驴拍照。

这个小媳妇脸庞瘦削，黑衣黑裤，个子不高，腰细臀大，胸硕似瓜，以至于蹲着洗碗时一对胸乳需要双膝托着才不至沉坠碍事。她的小手被冰凉的地下泉冰得通红。而每次站起来灵巧转身，一瞬间晃动着的身影着实迷人。我看见她从屋里进出，屋顶干活的小工都不自觉停下手里的活往这边看。有时她也背着孩子洗衣洗碗。这个小媳妇很勤快，不知是哪个小工的媳妇来这里负责做饭洗衣，其辛苦程度，一点不比那些建筑小工轻。

晚饭是在段家吃的。本打算与老驴到新街吃。老驴到厨房看了看，对我说，段老太摘了很多蔬菜，淘了不少米下锅，恐怕是带了我们的份儿了。就不要去新街那边吃了，以免人家不高兴。况且这个时节她挣点儿钱也不容易，就让她挣我们的好了，明天结账不管她要多少都给，就算给她个生意做吧，大山里的人家，也没有什么客人来。我此刻忽然感到平时抠门儿的老驴比我有境界，我自惭弗如。饭焖好了，菜也做好了，段老太叫我们先吃，说她要等段老爷子回来一起吃。我和老驴坚持一起等着段老爷子。一会儿段老爷子回来了。六菜一汤。段老爷子七十多了，每顿依然能喝二两白酒，吃两大碗米饭。

饭后我将购买的茶叶装箱打包，然后卧在床上查看地图，我找到了老挝边境几个寨子尤其是刮风寨和麻黑寨。中午我在门口拍照时遇见王泽平的儿子，他和三个女孩一起在寨子里溜达，问我是否愿意去刮风寨，这三个女孩有两个是骑摩托车来的，可带上我和同伴。看这三个女孩，都是个子不高，但很粗壮，十八九岁的样子，头发染成栗色，笑哈哈一路走一路聊。这个年龄的孩子观念上已远远地超越了她们的父辈。我向王泽平儿子致谢，孩子很有礼貌，听说我明天就要离开易武，还说了句："叔叔常来我家做客啊。"

夜深沉，对面床的老驴和衣而睡，鼾声轻柔，很快进入了梦乡。

我看地图看得有些累了，披衣来到院内看天。

夜空净爽，有白云幻变着形状飘过，几粒星闪着诡谲的光泽，如老谋深算的眼睛。我把目光投向连绵起伏的山林，那里黝黑如墨，有如覆压而来的巨大海浪，汹涌澎湃，嶙峋峥嵘。一两声小鸮的啸叫，让幽深的山谷更加可怖。山林里雾气浓重，翌日会尽皆散去。禅家讲任运自在，不执著，如山中云雾，来去无迹。也有诡谲的神道，难怪有着浓厚的历史渊源。在时间的另一侧，我恍若读到群山万壑中隐藏的那些不为人知的秘密。

第十八章

被阳光泡酥软了的茶

我默想这声音，
悉心揣摩慈善深厚、悲悯无边的佛音。
一种纯净于心的依靠和交托，
就融进在这雄厚的声音里了。

云南三年干旱，已成为众所周知的事实。干旱的原因不再说了。眼下，这场雨，很显然是局部，这局部的雨显得珍贵。雨后晴朗，我像一枚被阳光泡酥软了的茶叶，蓦然而至的雷雨让我的生命有了光泽。在大山里，我的生命不再干燥也不再脆薄。我得感谢这次一天里遇到了两次大雨。虽说时间不长，却足以润泽灵魂。那些树，为我扬起最美的枝叶。听婆娑声响，品漫山绿意。对于树，我有着特殊情感。我是一个不折不扣的自然中心主义者，对待树的态度也一直很明朗，就是：树与人一样，是有着生命的群体部落。但是一直以来，我不太理解美国女作家玛丽·奥利弗的一句话，她说："无论如何，通向树林的门就是通向宗教的门。"这时忽然悟到了这句话所包含的深刻喻义。人与自然和谐相处，是要以心灵的纯净来"对接"或者"对映"的，心灵与自然，二者必须同等纯

净。任何毁灭自然的做法，某种意义上讲，也是在毁灭自己的信仰。人没有了信仰就失去了对天地应有的敬重，就会变得自私、藐视自然或自然规律。就会受到自然的反弹报复，比如人类本身抱定了的邪恶的"人类中心主义"，不断掠夺自然毁灭自然，就会受到自然的报复。因此在自然面前，人作为这个地球上繁殖力最强的物种，根本就没有信誉和道德感可言，还遑论什么风调雨顺天降瑞福尊重神灵？战争中毁山灭林，和平年代照样毁山灭林，且愈演愈烈。这是一个弑神的世界，更是一个亵渎神灵的世界。我所看到的现实中的一切的自然灾难，比如地震、山体滑坡、干旱、洪灾等，都是人类对神灵大不敬造成的。人类，应该从自身找找原因。

看看人对山河都做了些什么？那些倾全国之力修筑的水坝，那些从新中国成立以来就一车车从深山里拉出的木材，那些大矿小窑的挖掘，那些动辄侵占农地建厂立项施放污水的罪恶，都在灾难中一一应验了。那些开采山石的人，当一道道山坡被挖得破烂不堪时，会有什么感受？那些伐木者们，当一棵棵树倒下来时，又会有什么感受？当众多树一齐倒下来时，是否会想到今后和未来这山里会是什么样子？那么多的山全被挖开了，那么多的树全被伐倒了，接踵而至的，是山体滑坡和气候改变。这让祖辈生存这里的民族情何以堪？现存的森林、江河、生物植物少了，归根到底，是因为什么？

是因为人的利益，才有了对大地的荼毒和无尽的杀戮！

我们反对任何灭绝人性的杀戮，对自然的严重破坏就是对人类的严重毁灭。它是科学与人性的残酷绞杀。曾几何时，科学被人崇拜，但科学反过来灭绝了人性和自然性。一批及早觉醒的思想家，从20世纪中期地球生态环境出现危机开始，就对愈演愈烈的科学技术提出"科学危害论"警告。哈耶克也早在20世纪50年代就呼吁要警惕"理性滥用"。再往后，"科学知识社会学"（SSK）更是掀起了一股狂烈的思潮，席卷西方。

但"为什么人类还值得拯救？"这原是科幻剧《星际战舰卡拉狄加》（Battle star Galactica）中人类逃亡舰队指挥官阿达玛提出的问题。卡梅隆在影片《阿凡达》中作出了相应的解释。他在这部影片中贯注着两个理念：一是反战争侵略；二是反科学技术。因此，人类对潘多拉星球的掠夺是非正义的。在《阿凡达》中，遮天蔽日的武装直升机、精准的战术导弹、暴雨般的子弹射击、准确无误的信息指挥和GPS系统……这些原本就是地球上"发达国家"的现代军事科技，为了抢夺土地和山林，这些现代的高科技，顷刻间全都用在了一个静谧的、有着绝美伊甸园般的神的世界。卡梅隆的电影文本喻义非常明显：这个世界，地球的人类是最危险的，他们觊觎一切，意欲占有或者毁灭一切！

与人类对立的"反侵略"者，是潘多拉星球上古老的纳威人。他们没有现代化的科学技术，它们的武士，是骑乘大鸟上的"飞龙骑士"。这些有血肉的武士所运用的武器只是弓箭。这是一个相信精神意志的"神灵"的群体，更是一个相信圣母、精灵、智慧树、灵魂与巫术能够沟通的世界。卡梅隆要让和平的潘多拉星球，战胜发动侵略的地球。于是，反人类中心主义的"叛徒"成了潘多拉星球的救世主。于是，被"圣母"召唤来的巨兽，砸烂了武器，掀翻了战车、坦克，击落了一架架武装直升机……神灵的潘多拉胜利了，人类战败了。

到一朵云上找一座山

卡梅隆通过"人神之战"告诉人们：潘多拉星球的纳威文明（更准确地说是以此为代表的古老的神灵的世界）是不能被掠占的，是应该得到保护、敬畏和尊重的。特别是我们内心的圣神，更是不容侵犯和亵渎。缘此理念：他让神灵胜出，让人类战败。《阿凡达》通过影片让人对自身的劣性进行反思：人并非万类之主，只有敬畏天地圣神，才有生路。

但是，现在的人，还有谁能把自然作为"第一主义"来宗奉呢？没有人能把人归类到自然中，使之成为与其他动植物一样的活体。我总认为，我们在自然中活着，首先要成为自然的孩子，在自然怀抱里享受她给予我们的无限美好，知晓自然、顺应自然、理解自然、尊重自然，自然才会尊重人，回报人类。要树立"自然中心主义"理念，包括在创作中，要把持这种理念。我在无数次漫游中印证这种理念。它给予我的，是创作的丰赡和灵气。我与自然的籁响在某种程度上沟通了。我所得到的，是自然灵性的启悟。

易武是一部刚翻开正要往下读的"书"。这部书尚存神秘，非细细品味不能读到它的精彩之处。我在古寨里发现一些镰刀、锹镐锄头木犁或者粮食脱粒机之类的农具。但森林里仍然闪烁着刀光斧影；摩托锯的声响，也时时刮掠耳廓。这个森林，只要细心观察，就会发现多处遭到砍伐。农人对待山林，是没有保护概念的，只要需要就砍，或作建房用的栋梁或作柴烧，使山林日渐稀疏。事实上，如果加强些管理措施，不至于此。我发现寨子里每家墙外都是堆积成垛的劈柴，那些劈柴就是森林，好多是大树，被劈开的剖面纤维很粗很壮，树皮厚实光鲜，长着绿苔，有的刚刚劈过还带着潮湿的树木气息。

在易武农人看来，这座山是他们不用花钱就唾手可得的生活来源，要比花钱买煤或者购置天然气划算得多。他们平时上山要携带一把锋利的柴刀。无论是男人还是女人，都力大过人，能扛动一筐湿柴木或一根十余米长的粗大毛竹。我在山里常看到农人砍下的小树和劈开的树木，晾晒于山坡或山谷，晒干后就装进背筐背回家。这样的烧柴不花一分钱就能随手得到的森林，让易武人感到桃源般的幸福。那天与老驴在新街吃饭，遇到一个外地来这里做家具生意兼做茶商的年轻人，在与我们套近乎意欲让我们到他家购茶的同时，也说了易武的一些事，比如他说易武这地方有钱人多，特别老寨子的有钱人更是，谁家都有山地茶园，那地随便卖一块就是钱。哪户人家还不有几十万、几百万的？要不怎么能以每天百元来雇苗族人干活呢？他在这里

⊙ 挂有"瑞贡天朝"
牌匾的老屋

⊙ 老街

做家具有天然条件，家具成本低，木材资源随便得到，易武山深林茂密，少
一些树也绝然看不出来的……这就是农人的思维。

　　他们没有意识或者不在意自然生态的严重缺失会带来什么样的后果。过
去的易武，土地湿润，溪流纵横，随便走到哪都能见到清澈的溪泉，掬一捧
就可饮用。现在，水质的变化、少雨的天，并不是近三年才有的，而是逐渐

荒芜了的，大旱波及这个地区。昨天的一场突如其来的雨并不能解救什么。过去产茶量多少现在又是多少？普洱茶价格的翻倍增长，也与产量不高有关，产量又是与气候变化有关。现在，茶树的生长速度大不如前，茶叶产量明显减少。时间久了，原有生态就会发生质的转变，整座山气候也要发生改变，这是一个无限的恶性循环过程。如同身边的亲人，不知不觉慢慢走向衰老，我们却熟视无睹。当终生年光结束时，才幡然醒觉。留给岁月的，只能是遗憾和悲凉。

云南原始森林覆盖率日渐缩小，原始树种几乎绝灭，古树不再如建国前了。多年前每到夜里还能听见小兽在农家小院走动的声音，现在根本无法遇到。这说明森林的退化树种的绝灭已到了让野兽消亡的地步。那天高义平就曾向我做起了他的"大生意"，我在他家院子里看见一棵锯成半剖面的大树当大茶台，能围坐七八人。我询问这是什么树这么粗壮？他不回答是什么树，却以为我对此大树茶台感兴趣想买，忙向我推销他家的大木茶台可以千元即卖。他告诉我，这些树是多年前在山里采伐的，他们伐了很多"好大好大张开双臂也搂不过来"的大树，有的还是从老挝或越南的山里运进的，都是边境山谷无法见到的硕大树木，还有的是稀少的古茶树。至于价格，要根据树的种属、厚度、长度以及木质硬度不同而定。这些大树有的百年、千年不止。这边专门有人做这个生意。运来的大木被切割成若干块厚重敦实的长条板案，涂以清漆，就制成了城里许多茶肆酒店里富贵气派的茶台。

大树茶台是富贵的象征。若在北京、广州、深圳或上海，价格高得惊人，小者几万，大者十几万几十万。我在高家和段家都能感受以大树作茶台的雍荣华贵，这两家的院子和屋子里不止一块大树茶台，就连院子里靠墙的条凳，都是一抱粗的树板做成。高义平说大树做成的茶台他家不少，还有树根茶台等，全放在茶园子那边，买到手再卖出的话几万十几万翻倍，全是好树木！如果想要的话，他负责物流托运。他说，你们这些大老板，托运回去放家里多气派！有许多大老板们来易武除买茶外，还将这里的大树茶台运回内地……事实上，云南原始森林的大树以及大茶树已经不多了，这些国宝级的大树和古茶树的消亡，与农民发财心理及内地的需求有关。供和需，形成了产业链，加之政府部门熟视无睹，加速了森林稀疏。我在这里一再地呼吁要保护森林，本身就是可笑的空谈。

这个古寨就像一个被不孝儿遗弃的老人，无人保护或者倡导保护。这些天来，我在寨子里转悠，看到一些老房子成了危房，需要修缮，老茶铺子也需要保留。但是古道曾经负载过的草鞋、光脚板、骡马蹄、车轮和人来熙往的身影，如今却似乎徒有其名了。

　　无人保护的易武古城迟早会消亡的。诸如段家白色现代建筑就已然打破了古城格局。外地老板买卖土地、房屋的随意，以极其俗气的现代建筑破坏了古体建筑。昨天我在小学操场下面看见一家茶店也建了小二楼砖房，女主人不无得意告诉我这房是五年前买的，当时只要几千块钱就能买一百平米的房子，现在能卖十几万。她家将老房子扒掉了加高了地基建起了小二层，筑起了大露台晒茶。这房子"要和新城的楼房一个样儿！"

　　始乱终弃者迟早要离开这里，只会留下一些不伦不类的恶俗建筑。那家茶房就在老乡长家的边上，我那天路过时，恰巧几个韩国游客在她家，她向韩国人推销自己制作的茶膏。韩国人喝了几杯茶留下几句赞叹后，什么也没买就走了。那几块小小茶膏如同压扁了的药丸，用竹叶包着。后来我问何氏茶厂小张姑娘，她说制作茶膏仍在探索阶段，一般制不好，即使制作也是以台地碎茶熬制而成，很难掌握火候。我在一道墙边站定，望着一株硕大的木瓜树出神，这株大木瓜树在土墙的衬托下，显得形只影单。

　　后来我又在村口的王国鹏家上面的大榕树下偶然发现：不知是谁将大榕树的手指细的气根以毛竹篾子套上保护起来，内心稍许有些欣慰，看来此地还有爱树者。

　　早晨的空气如同刚浴过一样，夜间气温低，树叶湿润，草木花卉释放出的气息十分浓郁，茶树的清沁弥漫整个山谷。太阳出来时，这些气息仍缭绕、飘荡。天空晴朗，曦光甚至将连绵的山顶染上了一丝金边儿。抬头看东山坡小学墙外的高大榕树，阳光缀满了树，使整棵树的叶子烁烁闪亮。炊烟升起，鸡鸣鸟鸣狗儿吠叫，连成了一片。

　　七十多岁的段家老爷子起得早，正在院子里做下腰锻炼，他仰头向天，然后下腰向后弓，直至将双手握住身后的铁栏，腰的弯曲度和他灵捷的动作堪比小伙。他的肥胖儿子腆着大肚子，站在院子里边抽烟边逗那只画眉鸟。老爷子有早睡早起习惯，瘦瘦身子，走起路来风风火火如同年轻人。练了一会儿，老爷子披衣服骑摩托出门，沿村口的土路向山的东面飞驰而去。过了一会儿，老爷子又风风火火骑摩托回来，不下车，直接用轮子撞开大铁门，我看见段老爷子是穿着拖鞋骑摩托出去的，回来时脸红扑扑的精神焕发。

这位当了三十年的村长，沉静外表下隐藏着的厚重，是一般农人不具备的。家境的殷实和多处的房屋，让他和老伴能够过个幸福的晚年，已经是山寨的王者了。

段老太去新街买菜回来了，直接进厨房做早餐。老驴急于到新街乘车去西双版纳橄榄坝，让我赶紧和段老太结账走人。段老太先是算了八十元两天住宿费。但是饭钱却颇费踌躇，她不好意思说多少才合适。我鼓励她让她说，多少都行。这是老驴的经验，店主收多少会说出来的。不料她让我"看着给"。我也不知怎么个给法。这里少有游客，来的都是进茶的"大老板"，这里的人见我们进森林、逛茶山、拍采茶晒茶过程，以为我们是来头不小的某公司大老板或者派下来的人，一般情况下都出手大方。普洱的郑老师曾经接待过广州、香港来的茶商，一出手就是几万十几万块的茶。因此，段老太与高家老太的心态一样，希望"大老板"能多给些钱。老驴事后分析段老太难开口饭费的心态有两种：一是希望这两个来自内地大城市的"大老板"多给；二是自己开口要少了或者正合适又有些亏。这两个心态第一个是她希望的。而眼前的这二位，好像与"大老板"的身份不太相称，就是迟迟"不大方"掏出多张钞票一拍了事，但她又不好意思张口说多少。

两餐饭菜，有什么难报价的？老驴在门外冷静地等待，他一再嘱咐我要让主人说出收多少，这是规矩。但我决不担心段老太像高义平家那样的宰客，我已做好了准备，何况还买了她家的茶。这时段老太让站在一旁的妹妹说饭钱多少，她妹妹说三十元，两顿饭就是六十元，加上宿费总共一百四十元，常来常往，希望你们以后常来家里，来这里买茶。

老驴听了段老太妹妹的报价后走进来说，给两百元，不要找钱了。我把两张百元钞票给段老太，段老太连说谢谢。但眼里依然有所期待。我们并不是什么大老板，我们只是普通的过客而已，如果总是以"大老板"来揣度我们，易武人的真诚是值得怀疑的。

告别段家，来到新街，不进站购票，就在路边等车。九点三十分车来，我们去勐醒，十点三十分到。又在街上等到了小巴去勐仑。然后再从勐仑去橄榄坝。在勐仑车站外，小面包车上来了五个男女，每人怀里抱一个小孩，车塞得满满的。车行半路，前面撞了车堵路，两边长长的车队排在那里不能动。好在时间并不长，半小时后车子缓缓移动，接着疏通变成了正常。到达橄榄坝已是中午十二点四十分。掏出军官证，免费进坝子，拖箱背包走了好长的路，我的想法，最好是住在澜沧江边上，晚上能在江边上散步蹓跶，看澜沧江水奔流。老驴说："你总是想得挺美，这里的澜沧江不会好，与人居住的寨子离得太近。"

橄榄坝有五个寨子，先前这里风光优美，后来政府将这五个寨子的外围加了一个大门，变成了旅游景点，政府增加了税收，村民摇身一变，成了农家乐店主。这农家乐环境堪比城里的宾馆，每个季节都不是淡季，钱大把赚着，谁还会去种香蕉和水稻？闲置的农田，则以看似高实则低廉的价格卖给了当地政府（这样的价格足以让他们盖个漂亮小楼或带小庭院的房子），政府再以高价卖地盖房或开工厂，双方获利，何乐不为？

政府把橄榄坝变成了大庄园。还在景区搞个"民族文化展示区"，将诸如织布、织绣、蜡染及木雕等手工艺归到一个区域，供游人观看购买所谓的产品。更有诸如能让游客与蟒蛇照相之类。我看见一条硕大蟒蛇在姑娘的手臂和腰间绕来缠去招徕游客……过去蛮荒的自然野趣不见了，取而代之的，是现代文明利益的冲击，给这块土地带来的改变。这种改变让农民失去了土地，但也获得了现实

⊙ 晒青茶

到一朵云上找一座山

⊙ 踏着晨光采茶去

的既得利益，由此摇身一变成了与城市同样的人，他们的孩子可以接受与城里人同样的教育，至于永远的失落了的民族本然就让它失去吧，那些刀耕火种的祖传文化早已过去，甚至烟消云散，不值得他们眷恋。

　　在路边上找到一家农家乐一楼住下。老驴心情有些烦闷不想游逛，就到卫生间洗衣服洗澡然后睡觉。我闲不住，走出房间过棕榈林，来到澜沧江边。果然不出老驴所料：一条好端端的澜沧江，水面漂满了水葫芦，致使江水腥臭。这种叫水葫芦的植物，繁殖力旺盛，有侵略性。连成了片的水葫芦挤满了本来就不宽绰的江道，从旅游区流来的脏水，也毫不客气地流进了澜沧江，使这一段靠近"人类居住"的江水变得肮脏、丑陋，像一个受尽了折磨蓬头垢面的死囚，躯体发出了腥臭的味道，惨不忍睹。"只要有利益在，就不要对你幻想的地方抱有希望"，忽然想起前些天送钟去机场后回返的路上那位司机说的话。赶紧回房与老驴说了毫无诗意的江水，老驴一声不吭，给我的是沉默。

　　晚饭到街上吃，看到一个餐馆挤满了人：原来是老知青大聚会。再看对面是橄榄坝农场，明白了当年的知青是来寻找记忆的。记忆无法变卖，但可

191

以尽情挥霍，尽情分享，无论是苦涩，还是甜蜜。他们的爱情、友情，全在这里像热带植物那样，长成了葱郁的森林。听这些六十岁左右的老知青说话，知道他们大多是从上海来的。这些上海知青聚会，不时发出欢呼，一些老知青在饭店

⊙ 有栅栏的老屋

门前照相。我和老驴就在饭店外面的桌子前坐定，要了三个菜。老知青的岁月沧桑之变恍如昨天，诸多感叹全在相聚的话语中了。看着这些大都是上世纪50年代初出生的人，想当年的青丝少年如今却是白发老者，有如我的兄长和家姐一样的人，在这里畅叙不尽的话题，内心翻腾。特别是老驴，竟痴痴望着他们，无法吃下饭。我则想，这些知青看到了"现在版的"西双版纳山水变得如同老人肌肤一样，不知会作何感想？岁月沧桑，时代巨变，人老山水也老，到底谁亏欠了谁？

　　吃完饭，看着老知青们依然在高声谈笑，我们离开这家饭店，离开了一群正在怀旧的人，也离开了一截不堪回顾的中国特色的荒唐的历史。来到橄榄坝公园外广场，老驴忽然看见广场一个角落，有家人正支灶做饭。煤气罐、小锅、碗

筷、水壶、装水塑料桶、大人、孩子。一辆写着"装修防水"的安徽来的小巴车停在那里——

　　"安徽人来这里了？"老驴急忙来到这辆小面包车前，细看不是在江城遇到的那家。老驴与那个安徽汉子攀谈起来，这个做装修防水的安徽汉子说认识那个去江城的，他们是老乡，也是一块儿出发的。老驴与安徽人聊了聊。谈起生意，安徽人说这里的生意也不好做，多少天没活儿干，是常事。但不管怎样，这里的气候比家乡好，风和日丽，天气晴朗。安徽家乡那边这个季节很冷。是啊，苦而不穷，在哪里都可以吃，可以睡，一切知足。这些分散在全国各地的安徽装修工，随时都可手机联系。什么地方活多大家自然清楚。来到一个完全陌生的城市，很快就会融入这个城市的生活。只要安全，不被行政人员歧视或者驱逐就行。有时候，某个地区的行政人员是人所共知的城市黑帮，横行霸道，无恶不作，让来自社会底层的人，彻底失去了做人的尊严。那种为了生存委以笑脸的日子确实不好过。当下社会，执法人员永远是太上皇，看谁不顺眼，就狠敲。国家似乎并没有给这部分人立法，法是专门为弱势群体立的。这在我们这个国度真是一大特色。所谓的弱势群体，我了解的农人包括小生意经营者，其实他们渴望平等感和尊严。至于素朴的生活与消费观念之间，似乎可以跨越，并不是难以理喻的。为了留住记忆，老驴掏出小相机让我给他和安徽人及小面包车照了张相，然后进景区回宾馆休息。

　　晚八点，窗外大寺传来了僧人的念经声，这唱祷的诵念在景区里飘荡，倒有一丝怀旧的味道。低沉的声韵穿过了寺庙，拂过槟榔树，在空中扩散。我朝外看了看，发现前面黑色屋子前，露出了一个金色的圆形尖顶，像隐藏了的一枚打开了的大地的钥匙。我听见大地被豁然打开的声音。悲悯的力量涌现，众生走向极乐。这个地方，唯有大寺的祷念，能让我记住。我默想这声音，悉心揣摩慈善深厚、悲悯无边的佛音。一种纯净于心的依靠和交托，就融进在这雄厚的声音里了。我久站窗前，声音消失了，也不愿离开。

　　夜里，院子里来了一群年轻小伙子，好像是什么公司的员工，打牌、喝酒、划拳、争论、大声说笑。老驴被吵得无法入眠，我呼呼大睡。直到凌晨四点，这群年轻人方散。

第十九章

后来，我更像一匹驴子

到一朵云上 **找** 一座山

我在迷惘中感受到，
那种类似中世纪的田园和面孔，
在我们这块土地上已不复存在。
我因此不得不为现世乡村中国所缺失的东西，
而感到无限的惆怅和迷茫。

在红土高原的云南，凡是称为"坝子"的地方都是富庶之地。

坝子是云南高山里平原的代称。主要分布山间盆地、河谷沿岸的狭长地带和山麓地带。坝子地势平坦，气候温和，土壤沃腴，阡陌纵横，灌溉便利。随着岁月的变迁，坝子也逐渐成为高原果林、香蕉、甘蔗和稻子的种植之地。而人类在居住上因为方便，也逐渐向这一区域靠拢，从而出现一个又一个稠密的经济中心的中小型城市。

云南大概有一千一百多个坝子。这些坝子分布广，耕地面积占全省三分之一以上。 坝子的形态和成因多种多样，大致分为盆地坝、河谷坝、山麓坝。西双版纳的傣族是临水而居的民族，哪里有水哪里有傣家居住，我常在过去的影集或版画里，见到傣族姑娘河边担水洗浴的美境，以及凤尾竹在夜晚清风明月里摇曳的妩媚倩影。

◉ 绿树中的茅草亭子让长途跋涉者内心有了诗意

每看到一丛丛形同凤尾的竹子时，就想起我年少时常听收音机里放的歌曲《月光下的凤尾竹》。作为名曲，它已编入了艺术学院音乐教材，无论是于淑珍关牧村的演唱，还是哏德全的葫芦丝的吹奏，都是绝无仅有的云南地方民族特色作品。它展开的，是创作者歌赞的爱情美好，将一幅傣家儿女的心灵景象，以美妙的旋律逶迤托出，悠远、淡泊、聆之如醉。

如今要找到歌中描述的纯净之地，似乎很难了。我在橄榄坝蹓跶时，听到的，不是傣家哨得力的柔情歌声，而是店家远远冲你喊："毛得力，来吃饭啊！"抬头一看，傣家酒楼下一个肥硕的老板娘站在那里。即便是住宿也失去了傣家竹楼的原始韵味，与街上的普通旅馆没什么两样。现在，若想体验真正原始的民族文化，就需到边境山谷，那里还有一些原始的东西。在城市，被异化了的文化，本身就是对民族传统的亵渎。去年我随普洱摄影团在中越边境李仙江土卡河小寨子，看到以巨木凿船的傣家人：老母亲、两个儿子、孙女，他们在江边打鱼和造船的生活场景，是那般的生动、亲切。但作为摄影家，如果要让当地政府联系拍照，片子定然带着虚假的成分。这是

195

⊙ 走在森林里的傣家妇女

时代给原始文化带来的异化。这种异化愈来愈严重，很难恢复原有的状态。我想起海德格尔引用里尔克的一句诗，他说："对我们而言，一朵花的存在是伟大的。"但是，令海德格尔这位哲学家迷醉的，却是作为自然这"一朵花"有着两种不同的状态。一是在纯然状态下的"遮蔽"，二是被欣赏到时的"去蔽"。一朵花的喻象，可理解为自然存在。若是被人发现，就是见证到了。那么它会在无数的见证中被迫枯萎，以至凋谢，最后消亡，如同一个迷乱了的梦。

　　问题是，强大的现代文化时刻入侵少数民族文化，同化那些未能开掘或刚刚开掘出来就已凋谢的文化遗存。这种同化与现代社会的发展相关。只要哪个山区修了公路、只要哪个地区建成了铁路或机场，都会快速改变。难道不都是这样吗？大理、香格里拉、文山、普洱等地都有了机场。旅游业的发达，让这些有着浓厚民族色彩的地区逐渐失去质朴。而负载文化的老年人日渐稀少，年轻一代又不肯传承传统至宝，使本民族诸多"看家本事"最终丧失殆尽。我多年前曾在红河州建水观看"烟盒舞"，过几年再去看，却沦为商业舞台的现代舞"杂交"品种。完全失去了田间地头的乡土本色。

一切都以令人无法忍受的方式堕落了。几十年前还曾经存在的自然风貌，需要几百年才能形成的自然环境，如今只剩下记忆了。在城区或旅游区，当地人再也没有边远山谷人的热情，他们想方设法掏尽你身上的钞票。当然，他们也要生活，也要完成从传统向现代过渡或转变。但是，我不想看到的是品德操守的改变，最终就成了如同丽江古城经济区的恶劣风气。那么现在，所谓的旅游区，都已成为一种虚假，即使我看到的民族文化展示也是不纯正的，而是带着浓厚的利益色彩。就像钟在电话和短信里说的勐腊望天树公园、曼听公园和昆明民族村的情形，那些利益表演，怎么也不能提起我的兴致。这次漫游，西双版纳是计划的地方，易武古寨和十层大山，纯是阴错阳差。对我来说，这种阴错阳差，确乎有一定的吸引力。有时候，错误的想法一转念，无意中却成就了一种美好。比如十一年前的行走怒江大峡谷，比如八年前的翻越高黎贡山住在江苴茶马古镇，去边境拉扎夜宿铜壁关，都是这样。现在，我又无意中闯进了由苗族和原住民两大阶层共同演绎的山谷小社会剧场。在山谷里，我看到的是新生的"阶层"生活差异。这种差异，是当下存在的普遍性的问题。它所显现的负面效应，已将我仅存的那一点点理想彻底地击碎。我在迷惘中感受到，那种类似中世纪的田园和面孔，在我们这块土地上已不复存在。我因此不得不为现世乡村中国所"缺失"的东西，而感到无限的惆怅和迷茫。

自然的山水草木应该是不被破损不被毁坏的，应该是不被歧视不被葬送的。而一个区域的风景最迷人的地方，还应该在于弥漫其间的道德感。它与人们尊崇的秩序、追求平等、安宁以及严谨性一致。随着岁月的更迭，这种由风景反衬出的道德感，会愈加厚重。比如古老建筑风格的屋舍堂屋、雕花的窗棂、庄重的门庭、绿树成荫的篱墙小路、规划有序的田畴耕地、完整的森林和溪湖河海，等等，都能反衬一种宁静整洁的存在。这种宁静整洁，与祖先倡导的敬天法祖之道德相映相衬。

我们的祖先最想看到的是，他的后辈们没有将大地葬送，也没有"撕毁"这部厚重大书的精彩段落，而是完好地保存下来，像呵护婴儿一样爱着这块大地——也许这样才会告慰祖先，后人才能心安理得。但是，果真是这

197

烤羊肉串的傣家妇女

逛县城

进城的小和尚

样的吗？答案是否定的。大地已被推向祭坛！自古以来的风景，早已变得苍白脆弱，一阵风吹来就会烟消云散。我们在祖先的大地行走，脚下的泥土已经有毒，眼前的风光也丧失掉它的壮美。这次我在曼滩、易武、整董、勐仑、勐醒、橄榄坝、嘎洒等一些有着历史渊源的古寨，总能看见一栋栋白色的瓷砖房对于村寨整体色调的破坏。毫无例外都是当地豪绅所为，他们总是要向当地人证明自己是这一地区的主宰或旺族，他们总是要彰显与众不同的身份与气派。

我之所以说他们没有道德感，是因为他们拆除了一些古老的人文风物，修建成了现代的、自以为气派堂皇、实则恶俗不堪的楼房——要知道他们拆除的，哪怕是一堵石墙一块青石一块木板一幅钳在壁上的画，也都是毁灭了祖先的一段故事，让历史死去不再复活。他们挖开了山坡，这山坡曾生长缭绕风雨、能扫净乡村上空阴霾的树木和花草；他们填埋了水塘，这水塘曾是滋润一方水土的圣洁之泉；他们砍伐了大树，这大树却是一个与他们祖先同生同长的有血肉的生命；他们堵截了大江，这大江曾以乳汁喂养了所有的贫苦生命。等等这些，他们的恶行罄竹难书。这些人不仅在官场上无德，在文化上也是无知，更遑论对于自然天道的崇尚了。那么，没有道德感的他们，所改变的风景，也就失去了原有的本然与朴素，也就缺失了道德感。而我，在这个被过度"开发了的"勐罕镇橄榄坝思索"风景与道德感"问题，在有些人看来十分可笑：你批评得这么多，那你为何还要来云南？在这个问题上，我还不能厘清其根源到底在哪里。我热爱云南，不希望它变糟糕。因此对云南的批评也就很多。我希望的是，我们不要因为"地大物博"而不珍惜大地资源。就像现在，我不想错过对每一片美轮美奂风光的发现，哪怕还有一丝踪迹，我也绝不会放过最后寻觅到它的机会。做一匹这样的驴子，也许更有意义。

……清晨的橄榄坝似乎只宁静了一小会儿，对于我来说已然感受到了这片刻的美好。耳边的唱诵又起，厚重的慈念化开了冥顽的灵魂。步出房间，来到大寺，寺门大开，几个小和尚正在打扫寺院。阳光倾泻进院子，像大水冲开了混沌的世界，把一切洗净：金黄寺顶，金黄袈裟的少年僧，连菩提树的叶子也是纯洁的。这些十一二岁的男孩在大寺里度戒，过上一段时间，他们还要还俗，回到家里。我听见寺内寺外风光不一样，寺内是暮鼓晨钟，寺外是一片商业味儿浓郁的人间世。现在，我涉足纯洁与浑浊之间，感受着身子一半干净一半污浊。我看见寨子里的小商摊贩们开始了摆摊：菠萝蜜、椰子、青芒果、香蕉、青橄榄、人参果……特产水果应有尽有，可谁能尝出甜中的苦与涩？

阳光照临，新的一天又开始了。和老驴收拾一下东西退房，来到寨子的路上，花几块钱截了一辆三轮农用车到橄榄坝长途客车站，买票北上去景洪。

一路又见澜沧江。

我靠窗位左侧位置正好看江水。这一段澜沧江水碧绿清澈，岸畔绿树婆娑。平静的江岸，裸露黑色岩石。由于干旱，那岩石呈灰色调，与山坡洒满阳光的热带雨林形成了明暗对比：棕榈树夹成的林荫道，将下面的江水分割成若干小画面，像动态小电影。大江的另一侧山坡，偶尔会出现木棉花树，那些倒影绚美、绰约。有时还会看到木棉花的整朵落红，跌落大江上，随水而漂。若是能到江那边拍照，该有多好！隔窗拍照，总是不能抓住它的细节。但我还是没有拿出相机，只是默默看着它静静流淌、闪过。

云南三年大旱，西双版纳本应是雨水多的地区，如果江水充足，就不会有岩石裸露。但不管怎样，这一段的澜沧江水算是纯净。心里隐隐的，有些感动。

到了。和老驴都不愿意住景洪，就打车直奔嘎洒镇，想从那里直接去喃呢温泉。到了嘎洒镇，老驴让我找宾馆，很便宜却很脏，索性不住了。问当地小车司机喃呢温泉在哪，都不知道。后来找了一个小蹦车，司机将我们拉到了嘎洒温泉，一路尘土飞扬，不得不以手掩鼻，但仍让人灰头土脸。很快到了嘎洒温泉，老驴下去看环境，觉得"相当得好"。按他的话说是"偶遇"到这样的只有每人二十元价格不高但环境不错的温泉。

地图上没有这个温泉。嘎洒有许多温泉，大都是当地村民自行开发，然后卖票收费。有的只是一个小院子、几个小房间和小池子。嘎洒温泉有一定规模，一千平米左右，四周生长大棕树、椰树、凤尾竹和蜜枣果。喃呢温泉不去了。购票进院，一股浓重的硫磺味儿直扑鼻孔，全身毛孔张开。将背囊放在大棕榈树下的石凳上，去更衣间换泳裤。水温适宜，不烫，水滑润肌，非常舒服。老驴说这个温泉可以作为一个休息之地，今后再来景洪可直接来这里。只可惜那个两眼一抹黑、一心拍鸟儿的钟，没能来这里体验一回。

池子分为深水区和浅水区，能游泳，游了几个来回也不觉得累。水中矿物质多，浮力大。累了，就把自己平躺在水面，看天上飘浮的白云，感觉白云就在身边，真想抱着一朵绵远的洁白的飘向遥远。但是，一朵云到底有多远？一座山又有多远？一个人的思想能否到达一朵云上，探寻山的幽邃？目光从白云收回，看悬垂头顶的婆婆绿叶，那叶子间似乎有无数鸟儿在唧唧啾啾。四周无人无车喧哗，耳边除了撩起的水声和鸟鸣，再也没有什么了。

我突然看见门口立着一个大大的牌子，上写"嘎洒温泉干部疗养院开发办"几个字，心里一凉。看来这里将来要开发一个所谓的干部疗养院的场所，价格将提高，就类似弥勒湖泉温泉酒店、大理洱源地热国温泉或安宁森林温泉一样。周边也将建成大酒店星级宾馆，以接待来自城市的大小权贵和有钱人。在中国，一个自然环境好的地方，一旦被地区政府看中被开发商开发成商业消费区，普通民众是无法得到利益和实惠的。想起五天前从嘎洒机场回景洪路上的土司机说的话，果真不假。我看到这里的森林剩下了残迹，

◉ 在山中行走的少年

甘蔗林代替了森林。神秘的氛围消失了。一路到处是房地产开发过的破烂大地，时间的伤口难以愈合。一个地区，一旦有了某些少数人获得利益的动机，就会损毁自然，丧失民心，也就会迷失某种价值。想着民生之艰之难之苦之怨，他们赖以生存的土地被掠夺，不由唏嘘再三。

温泉很是不错，泡了三个多小时竟然不觉累。上来坐树下吃了几块饼干裹腹。老驴还躺在石凳上眯了一觉。四点，和老驴一同出来。温泉附近有一家宾馆，铁门上锁有电话，一群来自昆明的客人按着上面电话打过去，一会儿来了一个白胖妇人打开铁门：好大的一个院子，竟有三十多个房间，有独立豪华的别墅式的，折后价八百元，也有普通标间，里面无卫生间无电视，折扣价两百元。院子里还有个烧烤区、餐厅、小商店等，专为从远道而来的客人准备的。问那妇人没有卫生间和电视的普通标间为何这么贵？她说：贵吗？有时候房间还不够用呢，都是政府部门来甚至外国游客呢，贵宾豪华别墅式的房间多，你们住吧。哦，怪不得这里的温泉将来要开发成"干部疗养院"呢，这个地方有巨大的商业价值！这里对于节俭的老驴和我，肯定不会

201

⊙ 寺院

住的，也不值得。

    打小巴车到镇上，找一家饭店吃了饭。老驴疲于奔命，不想再转悠了，就直接去嘎洒机场，第二天一早赶飞昆明。尊重老驴意见在嘎洒机场宾馆住下。房间蚊子很多，打了一批，又来了一批，蚊子也前赴后继。看电视，还是报道云南大旱：土地干裂，禾苗不生，江河枯瘦，山岭光秃。一个被誉为四季如春的富庶之地，三年来却深受缺水之困。

    经过了一夜的休息，老驴早早醒来，他说这几天实在太累。想起前一夜他受窗外年轻人的滋扰，不禁同情。这老驴，毕竟五十多的人了，受不起这等的折腾。

到一座山上找一朵云。一座山要比一朵云遥远。

遥远得让我在高处读山和云的距离。而飞行让西双版纳与昆明的距离骤然缩短。

昆明的气温比西双版纳低好几度，一下飞机就感到寒凉。依然是婆娑的清风，依然是迥异的亚热带阳光。五十分钟的跨越，从南到北，从亚热带高原到盆地坝子，几百公里，瞬间让我感受到了一种气候的差异，还有心灵的距离，好似从一个世界到达另一个世界。

雪飞派来了司机小顾师傅，原打算送我和老驴去滇池看红嘴鸥或去圆通山看樱花。雪飞说这时节樱花开得正炽烈，漫山遍野，是清馨的世界。老驴说还是不要去了，因为再过几个小时后还得返回机场。谢绝司机后，我们去花鸟市场，我打听一种类似兰花的"观音草"，这观音草今年一月在贵州镇远古城酒店遇见过，类似兰草。但找遍了整个花鸟市场也没有或者指认的不对。时间快速流逝，我们抓紧时间去翠湖公园看红嘴鸥。

坐在湖边，出神看着这些来自西伯利亚的鸟儿，是如何一次次俯冲而下，一次次啄食游人扔出的面包碎屑。在众人的欢呼中，我的目光是游离的，我的心也是游离的。我无法听见那些自以为是的文字，在现实中到底能有多大力量？想想办公室里那些公文式的文字，真是虚妄了生命的热忱和激情，让我永远无法抵达眼前这亦真亦幻的现实。

一群又一群红嘴鸥在镜前上下翻飞，有时飞出了镜头，有时又飞进来。它们真是快乐！阳光在鸟儿的脖颈上闪烁不定，它们无法让一种洁白准确定格。我所看见的，是一种自由生命的随意绽放。我怔忡地看着这群鸟儿，一种镜像体验在内心时隐时现。我身边一个小女孩将面包屑扔出。几只鸟儿，在面前的水上，一遍遍地捕捞落在水里的食物。

它们只为食物而来。

以饱为乐，生存第一。这是一切动物的生存法则。

我出神地看着这些精灵，这些凌空盛开的、绚美无比的花朵。它们一次次冲向水面，又一次次从水面上掠过。尖喙在平静的水面，啄开了一个又一个小小的、小小的涟漪……

2012年3月14日至5月10日　写于北京

后记　一座山的本态

　　一座山的本态应是沉默的、低调的、隐忍的，才不会被侵扰伤害。这样一座山，须有"隔世"效能。即所谓"山静如太古，日长如小年"的仙灵。在时间的单元里，山是精神的驿站，可以让远行的疲惫得以放松。时间不会到达它的边际，欲望不会蠡测它的深度。反之，一座山高调出世，涂上了人的痕迹，随时有被伤害的可能，人的精神也无法找到安顿之地。

　　一座山，须有峦顶、陡坡、茂密的森林、纵横的峡谷沟壑、起伏的峰岭、隐秘的溪涧江河、飞瀑流泉和四时花草，有大兽小兽、灵鸟昆虫等，才成其为一座丰赡的、内外兼修的山。这样一座山，必是灵物们演义生死轮回、三界超度的山。而且，没有人类之工业污染和开发的伤痕。它沉默世外，不举旗，不嘶喊，不藏匪，不窝寇，不纳浊污，朦朦胧胧，不露真颜，才会把自身的高贵和峻峭，以尊严之态呈显，尽现生命的极美。

　　人类不是山的神明，山却是人类的神明。人对山有危机，山对人有恩赐。有时候在山里喊一嗓子，山会接住人的声音、收藏人的声音，不让它丢失。山能收藏人的灵魂，人的灵魂是以声音的状态存活的，声音截取了花草树木香气最柔软的一段，落地生根在山的某一处。

　　我寻找这样一座静寂得如爱伦坡所言"能听得见黄昏时夜的黑暗倾倒世间的声音"的山。它拓展纯净空间，呈智者之不卑之态，显勇者之不亢之势。我因此喜欢山里的鸟儿。鸟儿熟悉山中溪流湖海每一处浮力气流大小。它们的灵魂闪烁在山里任何一处。花草、溪流、瀑布、山风、树木、山崖、雨丝、云雾，都属于灵魂的一部分。白天，阳光尽情挥霍亮度；夜晚，风把月光全吹进了山林石岩。月光、清风和溪瀑，令山的品格，超凡脱俗。

山，内蕴风雷雨雪，随时来，随时去。一只小松鼠从一个树枝跳到另一个树枝，整个森林成了它玩耍取乐的一棵大树。当然，它也要不在意走在林子里的狮子和虎豹。

然而，这样的山到哪里寻找？现世的山，因为人的进入而改变。如仅仅是原始的生存者倒也罢，毕竟他们创造了山的田园气息。问题是现代大工业的伐戮、油渍玷污，实乃山之灾难！山的原始性受到了动摇。故此我认为：一座山，既要有神明居住的圣殿，亦要有人烟无争的房舍、田园；既要有脚步从容的进出，也要有刀镰扫除榛荆荒蛮。但绝不可携带斧锯、火种和挖掘机铲车和工业毒气进入。一座山，是上帝的神明，人类该尊重它，方可获得救赐。

我寻找这样没有受到人类伤害的山，向往纯净的山风山泉洗心洗身，渴望鸟鸣润魂润魄。我之魂依附的山，须是闪映圣灵之大气象的山。如此纯然之山，才是真正的山中之山。

寻找这样的山，我愿用一生的时间。

十余年来，我和齐亭利先生、郑春龙先生、钟建光先生、薛舜尧先生、李春华先生、张子栋先生等，多次进入滇西北、滇西南大山，努力寻找原初自然大境。尽管无法走遍横断山的峰峰岭岭，却是乐趣无穷。因为寻找，让行走有了动力。在此，向与我一起"到一朵云上找一座山"的这些友人们，致以诚挚的谢意！

2013年1月9日　老牂于北京清风语屋

行走 文丛

"行走文丛" 让读者期待

    "行走"文丛是海天出版社近年精心策划打造的一套文化散文丛书,它以作者亲身行走寻访为切入点,将沿途所见、所闻、所思及相关的历史文化呈现为优美、深刻的文字,区别于那种走马观花、浮泛浅陋的游记,虽然也是行走,但着眼处不在"走",而是对当地现实及历史文化的再思考、再发现和再认识。作者们目光所及,步履所涉,思考幽微,见识独到,对一些习以为见的历史文化景观及人文现象,进行了重新认识、梳理和反思。丛书力求做到图文并茂,雅俗共赏。打开本书,必是一次与精彩文字和优美图片的美丽邂逅!

近期推出书目:

《走马黄河之河图晋书》　　　　　陈为人著

《太行山记忆——石库山藏》　　　陈为人著(即出)

《到一朵云上找一座山——穿行滇南》　黄老鼹著

《自在山海间——路上的中国故事》　大　力著

《田野上的史记——行走岭南》　　熊育群著(即出)